诗
想
者

H I P O E M

诗想者 · 读经典

Huashen De Tizi

花神的梯子

蓝 蓝 著

GUANGXI NORMAL UNIVERSITY PRESS
广西师范大学出版社
· 桂林 ·

图书在版编目（CIP）数据

花神的梯子 / 蓝蓝著. —桂林：广西师范大学出版社，
2019.6

（诗想者·读经典）

ISBN 978-7-5598-1729-7

Ⅰ．①花… Ⅱ．①蓝… Ⅲ．①随笔－作品集－中国－当代
Ⅳ．①1267.1

中国版本图书馆 CIP 数据核字（2019）第 068280 号

广西师范大学出版社出版发行

（广西桂林市五里店路 9 号　邮政编码：541004）

网址：http://www.bbtpress.com

出版人：张艺兵

全国新华书店经销

广西广大印务有限责任公司印刷

（桂林市临桂区秧塘工业园西城大道北侧广西师范大学出版社
集团有限公司创意产业园内　邮政编码：541199）

开本：889 mm × 1 194 mm　　1/32

印张：8.75　　字数：200 千字

2019 年 6 月第 1 版　　2019 年 6 月第 1 次印刷

定价：55.00 元

如发现印装质量问题，影响阅读，请与出版社发行部门联系调换。

缘　起

经典作品总是常读常新，其魅力不会因为时间的流逝而削弱。阅读经典，不仅能拓宽我们的知识面、开阔视野、增强思想的深度，更重要的是，经典作品能够延展我们生命的维度和情感的纵深，让我们度过一个更有意义的人生。因此，任何一种经典，都值得我们穷尽一生去阅读，去领会，去思索。

作为"诗想者"品牌重要组成部分的"读经典"书系，以对文学艺术领域的经典作品、代表性人物的感受和介绍为主。所选作者，多为具有突出的创作成就的作家，他们对经典作品的感悟、解读、生发、指谬，对人物的颂扬与批评，对"伪经典"的批判，均秉承"绘天才精神肖像，传大师旷世之音"的宗旨。在行文造句中，力求简洁、随和、朴实，不佶屈聱牙、凌空蹈虚。

做书不易，"诗想者"坚持只出版具有独特性与高品质的文学图书，更是充满孤独与艰辛，但对文学的这一份热爱，值得我们不断努力。"读经典"书系既是对古今中外杰出作家与作品的致敬，也是对真诚而亲切的读者的回报，同时，我们也期望通过这一系列图书，为建设书香社会尽绵薄之力。

广西师范大学出版社

2018 年 9 月

目 录

辑 一

献给元音
和辅音的忠诚

洛尔迦：安达卢西亚的精灵骑手

　　有谁能像费德里科·加西亚·洛尔迦（Federico García Lorca）那样写出既温柔又猛烈的爱以及对死的渴望？有谁能像他那样至死都保持着一颗孩子般纯真的心？又有谁能像他那样怀着悲悯凝视这个世界哪怕是最微弱细小的事物，写出贫苦的吉普赛人的美、脆弱易伤的心、血洒沙地的斗牛士的悲壮与勇气、人与自然神秘的联系，用他那熊熊燃烧的热情、卓尔不群的抒情才华、无可匹敌的感知力和想象力？

　　这位出生在伊比利亚半岛的精灵诗人，安达卢西亚忠诚的歌手，是瓜达尔基维尔河波浪哀伤的弹奏者，是莫雷纳和佩尼韦蒂科两条山脉簇拥偎抱着的最高雪峰，是那醉人的绿、灵魂的光明与幽暗、弗拉明戈的节奏和生死之间挽歌般的呼吸。

　　没有多少人能像他那样对爱全情投入而不计后果，宁愿抱着必死的冲动在一个天主教环境里去爱"非法"的同性情人；也没有哪个诗人像他那样接受摩尔人、阿拉伯人、吉卜赛人、流浪者、游吟歌手并热爱他们，为他们写诗，为自己的心和无尽的时光唱着哀歌——

"谁把诗人的道路显示给你？"

打开地图，西班牙地处欧洲与非洲的交界处，西边是同在伊比利亚半岛的葡萄牙，北方是比斯开湾，北部毗邻法国，东面是地中海，南方与摩洛哥隔海相望。洛尔迦生前活动的大部分地区都在西班牙南部的安达卢西亚。大西洋和地中海在此处交汇，罗马帝国、穆斯林、摩尔人分别统治过这里，14世纪后吉普赛人也逐渐在这里居住。和西班牙大多地区一样，有史以来，这里的居民深受各种外来文化的影响，包括天主教、伊斯兰教以及其他民族文化，此地成了一个多民族共存的地域。作为当地一个富裕家庭的孩子，洛尔迦并非是一个虔诚的天主教徒，影响他精神世界的是吉卜赛人和弗拉明戈人的歌谣和舞蹈，以及阿拉伯人——或许是苏菲诗人的诗歌。

洛尔迦出生的小村庄富恩特·瓦克罗斯，和他长期生活的格林纳达，位于瓜达尔基维尔河流域，莫雷纳和佩尼韦蒂科两条山脉从东西两个方向将其围拢，山地闭锁但风景如画，民风淳朴，仿佛是一个隐匿的世外桃源。曾写过《安达卢西亚的幽灵》一书的哈罗德·因伯格将这片地区称作是"幽灵世界"。在这里，目不识丁的游吟歌者与热情奔放的弗拉明戈舞者是最受民间欢迎的人，他们以歌声和舞蹈抚慰了那些贫苦人、心灵受伤的孤寂者。洛尔迦敏感的心早在童年就被这些既明亮又幽暗的艺术形式所吸引。民谣、童谣、赞美诗、斗牛士、深歌、贡戈拉、异族人的传统的诗篇，这丰富杂糅、奇妙各异的一切，都以一个真正的安达卢西亚人的方式出现在洛尔迦的诗句中：

　　你带来什么呀，黑少年
　　和你的鲜血混在一起？

又如：

　　黑暗的弓箭手
　　逼近塞维利亚。
　　……
　　他们从遥远的
　　悲苦的山川而来。

　　瓜达尔基维尔河遥遥在望

　　而他们进入了迷宫。
　　爱，水晶和石岩。

　　也许应该有一种专门研究诗人与地理环境关系的学科，这样我们就可以知道，一个诗人生长的自然环境是如何进入他的精神世界的，在那里重建地中海的蔚蓝、阳光的灼热、雪山的冷峻，以及河流与风的温柔。洛尔迦与大自然的关系在他早期的诗歌中已经鲜明呈现，一事一物，一草一木，构成了他诗歌中风景的壮丽起伏。大自然、西班牙民俗、爱与死，是洛尔迦终生歌颂的对象，正是它们引导了诗人要走的道路。

洛尔迦不像其他诗人那样有一条明晰的文化传统来源，他是文化的混血儿，汲取了各种不同文化的精华。而影响他人生的三位老师：一位是钢琴家；一位是喜爱吉卜赛音乐和斗牛的法学家和教育家，也是唤醒他社会公正意识的左翼知识分子；第三位则是艺术批评家。这三位老师塑造了洛尔迦的精神面貌——对音乐的痴迷，对民间艺术的追随，对贫民的同情，对强权的抗争——尽管他并不热衷政治，但残酷的政治争斗却没有放过他。关于他的死有多种说法：他的性取向，他的诗歌戏剧巨大的影响力，他参与共和派的社会活动，等等，都可能是被长枪党暗杀的理由。如果人们了解那个时代西班牙保守的宗教势力，左翼的共和派、人民战线与右翼国民叛军惨烈的战斗，便会知道洛尔迦生活在多么混乱危险的年代，仅看在他临死前一年爆发的西班牙内战中，支援左翼的国际纵队里的一些名字便知道这一点——毕加索、海明威、加缪、奥登、乔治·奥威尔、聂鲁达、圣埃克絮佩里等，而对方阵营里则有保罗·克洛岱尔、托尔金、西莱尔·贝洛克、伊夫林·沃等人。战乱使西班牙失去了它最杰出的儿子，直到佛朗哥死后，他的作品才被允许发表。

长期以来，人们把洛尔迦视作勇敢反对独裁统治、视死如归的英雄。诗人安东尼奥·马查多曾为洛尔迦写了如下感人诗句："有人看见他在步枪的押解下／沿着一条长街走着／来到寒冷的旷野／那里仍然闪烁着拂晓的星星／他们杀死费德里科／在天亮的时候／行刑队／不敢看他的脸／他们全闭上眼睛／他们祈祷：连上帝也救不了你……"诗中洛尔迦的形象就如格瓦拉那般凛然，但有一份资料透露，1936 年 8 月 19 日黎明时对洛尔迦行刑的一位长枪党在接受调查时说：洛尔迦和另外三个被捕的人一起被押到行刑地，洛尔迦忽然跪下请求饶命，但无人理会，子弹呼啸着打进他的胸膛。即便这是真实的，也无损于他的光辉，而恰恰是这一点柔弱才是人性的完整。正如他的诗句"为了爱你，空气／我的心和我的帽子／都在伤害我"。卡夫卡说"一战"时自杀的诗人特拉克尔是死于没有想象力的战争，洛尔迦亦是如此，因为对他者没有想象力便意味着残暴无情。

"你的双唇是恍惚的黎明"

洛尔迦的《塔马里特波斯诗集》作为遗作出版后，赢得了读者们的迷狂与赞美。我注意到译者王家新在书中注明：这部诗集的形式取自阿拉伯诗歌，短小押韵，被誉为"一个人从阿拉伯语进入西班牙诗歌的主题"。一直以来我认为洛尔迦一定受过苏菲教诗人的影响，前不久见到西班牙诗人胡安·梅斯特雷，我向他询问此事，他的回答证实了我的想法。洛尔迦的诗意象凝练，纯净又复杂，多种文化的集合在洛尔迦创作中呈现出扑朔迷离的意象，迷宫，水晶，月亮，马，血和刀刃弓箭，在洛尔迦的诗里都是隐喻。假如不懂得隐喻的作用，读者根本不知道他在写什么，他对故乡的深情，他的爱，他奇异的感受力借助这些事物所表达的情感，都会纳入"神秘"的幽暗之中。然而，正如圣琼·佩斯所说："人们都说我幽暗，而我却在光辉之中。"对洛尔迦的阅读不该停留在盲目的崇拜和猜测中，他的一些诗篇需要读者拥有与诗人同样的感受力和经验的想象力，这样，一些看似"神秘难解"的诗句，就会变得十分明晰：

> 在圆形的
> 十字街头
> 六位美少女
> 起舞。
> 三位粉红，
> 三位亮银。
> 昨夜的梦还在寻找她们
> 那金色的波吕斐摩斯
> 却把她们
> 全拥在怀中。
> 吉他！

这首洛尔迦写于早期的《吉他之谜》，明明白白用少女隐喻六根琴弦，而圆形的十字街头则是整把吉他，独眼巨人波吕斐摩斯指的是吉他的音孔——这些并不重要，重要的是诗人以拟人化的隐喻赋予一把吉他深沉的感情表达，像记忆在寻找演奏者的手指，这不是谜，这是解谜的人在场并告诉你谜底——

诗歌的隐喻是这样一种能力：用一种熟悉的经验去理解一种陌生的经验。经由隐喻，诗人借助想象力将看似互不相关的事物联系在一起。诗人是精通关系之秘密的高手：帕特里克·怀特进行精神分析时求助于诗人，弗洛伊德说诗歌与精神分析共享人的潜意识材料。拉康干脆说："只有诗歌可以阐释。我无法把握它坚持的东西。"上述种种，仅仅是想说明，洛尔迦大幅度跳跃的诗句，梦游人般的呓语，破碎的意象，表面上给人造成了一种"神秘"的印象，如果读者只是被他传奇般的人生经历和盛大的名声所覆盖，而并不深究他诗歌中传达出的丰富的感知、意义和其中所蕴含的历史、社会等背景，那么，我们将永远无法知道这些诗篇真正有价值的部分在何处。"读不懂"并不是构成一个诗人魅力的必要条件，而对"神秘"的探究，只能在诗歌文本和诗人一生的经历中寻觅。

另一方面，他最脍炙人口的《梦游人谣》中，戴望舒先生译作"船在海上／马在山中"、而王家新先生译作"船在远方的海上／马在山中"的这句著名的诗，大多数人只是惊叹"神来之笔"，并猜度洛尔迦是如何让那阵绿色的风连接起山与海、船与马，却不知这也许是诗人最直白的一句诗呢？2013年秋天，我在希腊参加首届雅典国际诗歌节期间，和友人一起登伊米度山，到了半山腰小憩，放眼望去，不远处波光粼粼的大海似乎在抬升，高至我的视力水平线，一艘船赫然在眼前航行。那一刻我恍然大悟：洛尔迦一定也是在这个角度望见过大海行船，望见过身边低头吃草的骡马，这分明就是一句即景之诗，那醉人的绿是吉卜赛姑娘，也是周遭世界的一切事物的辉光映照。

"我在用你纺着我的心"

在《简单的情歌》这首诗中，洛尔迦写道：

在你的果园
长着四棵石榴

（拿去我的——新生的心）

在《猎手》中他写道：

四只鸽子
飞出去又飞回来。
落下四个影子，
全都受了伤。

在《三棵树》里他写道（那奇异的诗句）：

那里曾有三棵树。（日子带着斧子来了。）

精确的数字不是别的，是具体，具体的爱，具体的伤口，
具体的死亡。因其具体而可感，而能使人共情，看到诗人的心
如何在与生活的碰撞中颤抖。洛尔迦与聂鲁达都写过令人动容
的爱情诗，他们曾一见如故，互相视为知心挚友。但在聂鲁达

著名的《二十一首情诗和一首绝望的歌》中我们可以看到无奈和痛苦后的告别与新生，而洛尔迦的诗则始终蔓延着最温柔也最深重的悲伤。哈罗德·布鲁姆在评论洛尔迦的时候指出："洛尔迦和雪莱一样，是欲望及其界限的诗人。"抵达情感的界限并拓展此界限，这说明洛尔迦感情的强度何等惊人。他在诗中说自己有七颗心，却需要他自己去找寻；而"我的胸膛里有一条蛇不肯睡去／它颤抖，因那古老的吻"。或许，对于洛尔迦这样的诗人来说，去爱就意味着在活着时就要死去，像死者那样去爱，以截断生命的时间留住那强烈的情感，如此我们就不难理解为何他的诗中有那么多死亡的意象——

"小黑马，哪里去？带着你的死骑士？"又如他在《简单的情歌》里写到的，情人果园里的四棵石榴树，诗人献出自己的心，最终心和石榴树都消失不见了。他在诗中用了"长着四棵石榴树""会有四棵石榴树"直至最后一片空无，暗示了诗人一无所获的爱情如死寂，只在人间留下了爱和一首首诗。甚至，他写过一首题为《格拉纳达，1850 年》的诗，这个时间比他出生的 1898 年早了 48 年——诗人写他生前见到的景象，依然是在故乡格拉纳达，他望见那里的喷泉，卷曲的葡萄藤，飘在八月天空上的云，"我梦着我不在做梦"，然而何为生之梦？又何为死之梦？在诗人看来，生命和爱无生无死，无过去未来，因为诗人借助语言而永生，正如狄金森在诗中写她与所爱之人死后的情形，同样也是爱之力量超越生死的写照。

诗人的译者王家新曾说，洛尔迦"要接近或从他身上唤醒的"就是"魔灵"（或译为"精灵"），美国诗人 W·S. 默温也认为，正是在"精灵"的掌握中，洛尔迦的诗歌有着"最纯粹的形式、音调、生、存在"。洛尔迦1930年在哈瓦那的一次演讲中谈到了"精灵"这个词用来意指犹如神助的灵感。他否认了"精灵"在西班牙其他地区仅仅意味着"小妖怪"的意思，也否认了它是爱嫉妒、捣乱、恶作剧的魔鬼的代名词，"都不是"，他说，"我说的精灵幽暗、颤抖，是苏格拉底那位极善良的'小神'的后裔，大理石与盐的混合体，在他饮下毒芹汁的日子愤怒地将他抓伤"。苏格拉底的小神是善，是善之理性，是经由心灵感受抵达的万事万物秩序的象征，而洛尔迦用一生的创作捍卫了这一神圣的信念。

译者王家新在《死于黎明》的序言中写到了他和一行诗人去拜望洛尔迦故乡的情形：安谧的正午，空气中是燃烧的火。寂静无人的街道上忽然出现了一位骑在马上的骑手。他梦游般从诗人们身边经过，消失在另一条小巷中。——八十年了，在西班牙，在安达卢西亚，这位最著名的诗人的遗体还未找到，洛尔迦还活在世上，在他的诗中，在掠过马鬃的微风里。

2016 年

透过信笺的夜视力

　　由于那些不眠至曙光初露的夜晚，那些能听到送奶人车厢中玻璃瓶轻轻碰在一起的声响的时刻；由于那隔着千山万水神秘的联系，有一些人获得了黑暗中的视力——透过这样的夜视镜——反射到诗人心灵视网膜上的事物和情感，比这世上的事物更美、更完整。这是上帝在七日之外做的工，借助诗人的手。那些会发热的事物都被很好地保留在永恒之中——托马斯·特朗斯特罗姆（Tomas Transtromer）与罗伯特·布莱（Robert Bly），正是这样的诗人。

　　一般而言，私人之间的通信大多不愿意公之于众，盖因在"我和你"之间谈话交流的私密性中，往往涉及写信者的很多秘密：爱好、家人、疾病、性格、情感、政治态度、道德倾向等，我不知道当初瑞典文原版《航空信》的编纂者图尔比雍·史密特使用了什么样的方法说通两位20世纪的大诗人，同意公开出版他们之间长达25年的私人通信，而《航空信》

的中文版译者万之，在图尔比雍付出艰巨劳动为读者标示出无数注释的基础上，又根据中国读者的需求，另外添注了大量原作中没有的中文注脚——这绝非一项轻松的工作，可以想见图书馆工作人员和各类辞书、书籍杂志是多么熟悉其专注的面孔。若没有他们认真细致的工作，我想，即便是读过特朗斯特罗姆和布莱作品的读者，在阅读这本书信集的同时，也需要至少再读一百本书，以便弄清两个诗人信中所谈论到的包罗万象的内容——东欧现当代史、美国20世纪历届总统的选举、越南战争、瑞典文和英文语法、女权主义背景、诸多国家文化编年史、现代心理学史乃至马的种类、稿费税务制度等——因此，感谢编译者的劳动是必要的。当然，两位享誉世界的大诗人，更是为我们打开了本属于他们二人和两个家庭的大门，使我们得以一窥其中令人惊奇的、有时也可以捧腹大笑或者陷入沉思的世界。

《航空信》收入了美国诗人布莱和瑞典诗人特朗斯特罗姆1964年至1990年间的200封来往信件，他们的通信因1990年特朗斯特罗姆不幸中风丧失书写能力而中断。这些信件谈论的内容多为对诗歌翻译问题的讨论，并行的是他们各自对当时社会政治等重大问题的看法与判断，也涉及对不同作家、诗人的作品的评介，亦包括了对各自家人、身边日常生活的描述。不夸张地说，这是一本专业的诗人的书——尽管我并非翻译家，但从中依然可以体察到诗人在对待自己诗句，乃至某个意象时的处理方式。为写此文，我曾询问过译者万之先生的夫人陈安娜，希望得知两位远隔大西洋的诗人用什么语言通信，得到的回答是用英语。及至读完全书，我终于在后记中看到了他们是如何沟通的——特朗斯特罗姆一开始用瑞典语写信，随后他把布莱的诗歌翻译成瑞典语。而布莱则用英语写信，他也是使特朗斯特罗姆在美国获得极大声誉的杰出翻译者（当然，他们也翻译了很多其他诗人的作品）。由于语言的障碍——请注意，这不是日常交流的语言，这是诗——他们不得不在通信中近乎苛刻地要求自己也要求对方给予最准确的解释。例如，布莱诗中写到的"红树林"，在瑞典语中根本没有相应的词，北欧不生长这种植物，这让特朗斯特罗默作了大难。而布莱翻译他诗中关于风筝之"一条看不见的绳子直上天空"中的"直上"一词，则使他不得不连着画了两幅图来说明"直上"的意思。大约是为了更好地沟通，特朗斯特罗姆在 1968 年 8 月开始用英文写信。

上述关于诗歌翻译的微妙说明，在他们的通信中比比皆是。为了把某个句子、某种事物或意象阐释清楚，这两位诗人动用了所有的智慧，画图说明只是其一，还有为了一个词、一行诗而不得不写上一大段话来解释。哈！作为一个学诗的后辈，我承认从中发现了他们创作的许多秘密！这几乎是手把手地告诉你，诗是怎么写出来的：不是某个重大主题，而是你怎么用一个词、一个字，甚至一个标点符号，准确地卡在世界和感觉之间那膝盖的缝隙中。这甚至不是认真和细致所能概括的，这是挪动一座山的工作——把这本书视为开始学诗的人的教科书并不为过。诸如此类的劳作，在他们的信中几乎贯彻如一，尽管有人评价说他们在彼此的阅读和翻译中互相影响，但我看到的更多是他们各自强烈的个性和不容易妥协的艺术原则。是的，他们也会经常产生抵触，为一个自己不满意的翻译，坚持要对方纠正，并不会因为友情而放弃自己的想法。因了他们的心胸磊落和对艺术的忠贞，这一切并未影响他们继续把对方视为挚友。想想看——特朗斯特罗姆曾经为了修改布莱诗中"紧绷的"这个词，在接到布莱的信后，立刻"跑进车库，开车110多公里赶到斯德哥尔摩"，冲进出版社大楼，刚好赶上在最后一刻纠正校样！

　　我特别关注到两人对现实世界和公共生活的看法——特朗斯特罗姆曾被人抨击远离现实，这绝对不是事实。在信中，他比更多人密切关注着越南战争和发生在苏联、东欧的事件，甚至不放过一切通过电视了解美国总统选举的机会。他利用出国的便利，主动接触遭受迫害的拉脱维亚诗人，尽一己之力向他们提供帮助并翻译他们的作品。那首著名的《给边界后面的朋友》一诗，便是例证。至于布莱，更是冲在反战的第一线，到处举行反战朗诵会，公开拒绝州长亲自赠送的照片，甚至因为游行示威而和诗人高尔韦·金内尔一起被捕——在监狱牢房里他居然遇到了艾伦·金斯堡等十几个诗人，他们说："这下诗人全齐了！"接下来，这些诗人安排了一场牢房里的诗歌朗诵会，"像王侯一样愉快，又唱歌又吟诗"。

　　显然，在对待威权政治和战争的不义问题上，特朗斯特罗默绝对和布莱站在一起。只是前者更为冷静，他曾建议布莱删去诗集《战争的沉默》前言中关于美国人嗜血的推测，他在信中对布莱说："要用一种平静而有效的、燃烧得炽热的怒火去对付最近这些禽兽不如的愚蠢。"在我看来，一个诗人肩负的责任远远超过并大于政治改革家，这是毫无疑问的事实。

这些信的书写风格，充满了诗人特有的幽默和天真——我常常被其中的话语逗得忍不住哈哈大笑。至于他们笔下家人、孩子、小动物的故事，更是令人感动。更重要的是，透过这些信笺，读者亦能够获得某种观望历史和诗人心灵的"夜视力"（特朗斯特罗姆一首诗的题目）——就在你捧起这本书的时候。

2012 年

狄金森的秘密生活

"你给我的却是别的东西"

作为一个死后蜚声天下的女诗人，艾米莉·狄金森（Emily Dickinson）在生前几乎默默无闻。她终生未嫁，隐居在深宅，过着修女般的生活，几乎足不出户，也不见人，只和一些人有通信来往。与她的哥哥奥斯汀有私情的梅布尔在一封给父母的信中，对狄金森如此描述道："她终日一袭白衣，据说她心智奇妙。她文笔很美，却无人能见到她……她近在咫尺，却隐而不见。"

是什么原因使狄金森过了离群索居的一生？这成了众多研究者和读者深感疑惑的问题。

大量的研究文章都证实，出生于1830年的狄金森虽然年少时体弱多病，但性情却活泼可爱。她在离家十英里之外的一个女子学院读书，每逢情人节，都会给她中意的少年男子寄情人节贺卡。辍学以后的狄金森，也会出席阿默斯特镇上的聚会，在家里接待朋友，和青年男子们乘马车出去兜风。总之，19世纪50年代中叶之前的她是个行为举止都正常的女子。1855年的2月和3月，她与父亲和妹妹到华盛顿和费城旅行。在这次旅行中，25岁的狄金森见到了费城的查尔斯·沃兹沃斯。查尔斯是个有家室的牧师，据说当时在美国非常有名。1860年春天，查尔斯牧师到狄金森家拜访，而许多研究资料显示的狄金森"精神激变、原因不详"的年表记载中，也正是在"1860年早期"。这一时间上的契合，使得大多数人认为，狄金森与查尔斯牧师之间曾发生过重要的情感联系，而有了妻子的查尔斯牧师，不可能和狄金森有更多爱情的进展，盖因在基督教的教义中，与有妇之夫产生爱情就是罪恶。

在狄金森死后发现的书信中，有一封写于1862年未注明给何人的信，其中写道：

> 如果你看见了子弹击中了小鸟——小鸟却对你说它没有被射中——对它的谦卑有礼你或许会流下泪来，可对它的话你不能不怀疑。……我听说有种东西叫"赎罪"——它使男人和女人都得到宽慰。你记得我曾向你要过这个——你给我的却是别的东西。……很久以来我没有对你说，可你知道你已经改变了我……今晚，老师——可是爱却依然——如果这是上帝的旨意，我可以与你一同呼吸……如果我永远也无法忘记不是和你在一起——而且忧伤和寒霜比我离你还近——如果我用一种我抑制不了的力量希望——我的地位同女王一样……

如果这封信还不能够说明狄金森面对无法实现的爱所感到的挣扎、悲伤，以及她开始渴望——

一直等到我褐发斑白——
一直等到你拄着拐杖——
那时我会看看表——
我们就可以趁机进天堂

女诗人开始寻求另一种和所爱之人永远"在一起"的途径，那么，我们还可以在她的诗句中找到她与她的爱人"在一起"的证据，尽管这是一个极其敏感又脆弱的灵魂在尘世无法实现的愿望，但在另一个地方，它却可能"真实"地存在着。

"只有焊住的嘴才能讲得透"

人们或许会在日常生活中撒谎，但我相信，诗人决不会在诗歌中撒谎。诗人和诗歌的关系，正如他把一颗心袒露在众人面前而不畏因其赤裸可能遭受到的攻击和议论。但涉及隐秘私情的诗歌则不然，它不仅会引起社会道德的谴责，也会给诗人带来难以想象的人身攻击。苏联诗人阿赫玛托娃的父亲不允许她以父姓发表作品，就是基于所谓体面人对名声的维护，他的理由是不能"玷污一个受尊敬的好人家的姓氏"。

狄金森几乎不发表诗歌是不是也有这一方面的考虑？她对于一个爱而却不能得的人的情感，自然也会引起当时那个社会

和读者的诟病。尽管如此，这并不能阻挡一个诗人对稿纸吐露心声。诗人自有心中的律法，它远远超越了尘世的道德——

> 她的信息被交到
> 我看不见的手里——出于爱她——亲爱的——同胞们
> ——裁决我要手软心慈。

在写于 1860 年的一首诗中，狄金森写道：

> 我的河流奔往你身旁——
> 欢迎我不？蓝色的海洋！
> 我的河等待回答——海啊，显得娴雅——
> 我要从偏僻污浊的地带
> 给你把千条溪流送来——
> 说啊，接纳我吧！——海洋！

这是一首勇敢向爱人倾诉爱情的诗，但这也是一首无法收到回应的诗。得不到回应的爱虽然令人心碎，却也激发了女诗人内心的骄傲。根据汤玛斯·H. 约翰逊编辑的狄金森诗集、由蒲隆翻译的《狄金森诗选》第 245 首诗中，狄金森高傲地赋予了自己一个"妻子"的身份——

> 我是"妻子"——
> 我已结束了那——那另外的状态——

我是沙皇——现在我是"女人"

这就更安稳

……

我是"妻子"！仅此一条！

　　她是谁的妻子？是爱人的？是嫁给永恒之物、时间的妻子？抑或是诗歌和语言的妻子？但无论是谁的妻子，狄金森都给予了自己一个"合法"的身份，这个律法来自她对无限的时间、广阔情感的深刻认识，来自她对自己将要对某事"献身"的热忱庄重的肯定。她所献身的对象也远远不再是某个具体的尘世肉身，而是不朽的象征。但同时她也知道，这些秘密的话语不能对众人诉说，"还没等他说出口，/他就会被烧死在广场上！"这样的爱情意味着罪恶，它不能见容于俗世，但除了寻求上帝还能向谁诉说呢？即便在上帝眼中它依旧不可饶恕，而诗人仍然渴望着上帝的慈爱会给她以帮助：

救世主！我无处去诉说——

所以就来烦扰你。……

我当时已无力支撑——

我把那颗心装在自己心底——

结果我的心变得过沉——

……

对于你，是不是大得过分？

无望的狄金森或许怀疑上帝也无法理解这份可怕的情感，她甚至向万物求助：

　　　　月亮——星星啊！
　　　　你们很遥远——但如果谁也
　　　　远不过你们——
　　　　……
　　　　跟你们在一起
　　　　……
　　　　但还有一个——
　　　　还远过你们——他离我——
　　　　还远过一片天空——
　　　　所以我永远去不成！

　　狄金森显然知道自己悲惨的未来，她将一辈子都不能和所爱的人在一起，"我将付出什么才能见他的面？／我要付出——付出自己的生命——当然——／但那仍然不够！"她哀叹道："他给我的生命扎了一圈皮带——／我听见搭扣啪嗒一声——／他转过身去，神态威严／就此折起我的一生……"。这些诗句，明白无误地解释了狄金森何以终生未嫁的原因，也显示出她情感的强烈和脆弱。脆弱一词还能意味着什么呢？除了它一再地显示了人性中最人性的那一部分。

"安卧在雪花石膏寝室"

1862 年是狄金森一生中写诗最多的一年。这一年她写了 366 首诗，比 365 天还多一个数。这些诗篇大多涉及死亡和永恒，尤其是死亡的主题占据了更多的比例。有研究者指出，狄金森从 19 世纪 50 年代开始的感情危机持续到了 1865 年，1864 年她的身体崩溃，不得不去波士顿看病治疗。后世的批评家们多认为狄金森对于死与生的思索是基于宗教信仰，对此意见我个人并不完全同意。她曾经在诗中明确引用耶稣的"死亡已死去"这句话，也就是说，在狄金森那里，所谓的死亡无非是永生的同义词，"爱就是生命，/ 生命的内涵是不朽 /……我无法举证——/ 除了——/ 耶稣受难地"。在人间受难，唯一可解脱的便是死亡，如果死亡意味着永生，那么在永生的世界里便可以实现诗人灵魂的"存在"。

我国读者对狄金森的了解，大多是通过课本和各种选本里她的诗篇，这些诗篇又多是她比较明朗的歌颂大自然之作，而对于她抒写死亡的诗歌却并不熟悉。这些阴森晦暗的诗歌，是了解狄金森内心世界的一个重要依据，也是体现她杰出诗艺的例证。在这些诗中，她把不可能的事情变为可能，将她无法在现实生活中拥有的人在活着的时候就将其变成鬼魂——抑或说，使其进入永恒，与她永远在一起。她借助语言的力量，重新安排了世界的秩序，赋予虚无以真实的意义。她在诗中不仅阐述了对死亡的看法，也期望不被世俗容许的爱情能在永生的死亡中得到赦免：

想想它——爱人！

我和你——

面对面——将得到允许——

生之后——我们会说——就是死

她甚至精心安排了自己的婚礼：

我们自己在一个夏天结了婚——亲爱的——

你的美梦——在六月间

……

黎明时——我将为人妻——

朝阳——你是否为我打一面旗？

……

当一个新娘是多么容易——

那么，午夜，我已经从你那里

迈向东方，迈向胜利——

狄金森的"胜利"是穿过痛苦和绝望炼狱之火的胜利，是爱战胜时间的胜利，也是诗歌的胜利。没有谁能夺走一个诗人的荣耀和骄傲，哪怕是那个"你的富有——教给我——贫困"的人，而我们今天看到的是"没有什么的——一个百万富翁"靠自己的诗句使那个男人永垂不朽的女诗人的伟力。

看看狄金森是如何为爱无畏"赴死"，并带领她之所爱进入永恒的吧——第412首诗中，她说自己无法把死神等候，他便停车把自己接上。"车上载的只有我们俩——只有永恒与我们同往";他们经过了学校、庄稼地,经过了夕阳,最后在一座房舍前停下:"它好似土包隆起在地上——/屋顶几乎模糊难辨——",而"马头朝着永恒之路/也是我最初的猜想"。这首诗前段和中段都有大量现实生活场景的写实,直到最后那"隆起的土包"才会令人惊悚地想到坟墓。她模糊了真实的现实与幻想的现实的界限,也模糊了生与死的界限,她洞悉死亡之神秘,深谙语言的力量,她知道"泥土是唯一的秘密",于是便宁愿"安卧在雪花石膏寝室",因为她知道自己以诗歌创造出了什么样的奇迹——对于那隔离生死的神秘之河,"你却已经一跃而过"。

2013 年

被冰雹打过的嘴

倘若苏珊·桑塔格曾经读到过杜尔斯·格林贝恩（Durs Grunbein）的诗歌，或许她又可以为《疾病的隐喻》找到一个文本证明。但是，与桑塔格极力要剔除加诸疾病之上的隐喻不同，作为诗人的格林贝恩或许正是要通过疾病这一特殊的象征，说出他在这个时代生活中所感受到的一切。两者在方法论上迥然相异，但是，这并非意味着意识形态上的敌对，盖因桑塔格是从一个癌症患者的角度，在社会政治和道德层面上对"疾病的隐喻"进行剖析和抨击，而格林贝恩则遵从诗歌那古老神秘的法则，尽可能在艺术中摆脱意识形态的统治，将自己的感受通过语言奉献给诗歌中的形象，而诗人所使用的语言，恰恰是因为其概念性的媒介同社会发生了必然的联系，这便是诗人和社会学家在创作表达过程中最大的不同。

毋庸讳言，浪漫主义诗人曾经面对的大自然的壮丽，以及田野微风对人们心灵的抚慰，已经留在了发黄的纸页间；孕育催生罗曼蒂克精神之花的沃土在钢铁巨兽般的推土机前迅速变为柏油马路和高楼大厦。罗兰·巴特不客气地指出："现在的大自然就是城市。"伴随着苍穹草木一起从人们眼睛中消失的，不仅仅是浪漫主义的诗行，更有由其培养出来的对美的敏感和与万物之生存发生联系的丰富想象力。这样也就可以解释为什么在格林贝恩诗歌的个人修辞词汇表中，并没有诸如玫瑰、露珠、月光等"甜蜜忧愁"的名词出现，甚至也没有和日常生活有关的细节出现。他的诗歌中更多的是一些令人毛骨悚然的词语，一些充满了福尔马林溶液刺鼻气味的字眼儿：骷髅，肺叶，肉皮，神经，口腔，嘴角，骨头，动脉，大脑，指甲，等等；与此相对应，另一些动词和形容词紧紧围绕着上述名词，仿佛一头怪兽死死咬住它的猎物：烂溃，干裂，恐惧，逃奔，流血，剥离，赤裸，肢解，脱臼，致死，等等。更有一些令一般读者感到陌生的医学疾病名称和专有名词出现在诗行间，如"幻觉肢痛"、"伦琴图"（X线胶片）、"广场恐惧症"等。从大自然而来的古老象征已经开始从当代诗人的诗句中撤退，这已是不争的事实。然而，在抒情诗中，那些蕴含着无限安慰和生之意义的象征物是否可以变身为陌生的事物？是否也可以出现在现代机器那巨大图腾般的躯体之上？答案似乎是不可能。这是因为诗人必须在能够充当象征着无限安慰和生之意义的事物上找到人性的影子，须化身为传统诗意和美学所要歌唱与赞美的对象才能达成。当代诗歌与传统诗歌最大的不同在于前者必须要经过"批判"才能去发现美，及由此引导读者走向对美和意义追寻的路途。从屈原到但丁，在相当长的时间里，诗人们眼中几乎没有自然之物，佩兰香草、地狱天堂都具有指向明确的象征意义。到了今天，这些词汇已经从当代诗人们的视野中缓缓下沉，他们必须要面对生存的真实困境，并在具体的写作中将其感受表达出来。在此，传统浪漫主义抒情诗中的象征物被诗人身边的事物替代，新的、具有时代特征的意象出现了。钢铁、水泥、挖掘机、化合物、银行、股票、行情等词汇的出现迅速改变了人们的生活。这些以往抒情诗中没有出现过的、陌生的意象，大多与荒谬的、冷漠的、病态的事物有关，与现代化为人类带来的异化后果有关。依照维特根斯坦的说法，词汇的变化，意味着生活发生了变化。那么，诗人对此该怎么言说？

> 干燥的空气使嘴角烂溃，
> 　　嘴唇干裂，肉皮
> 砂纸般粗糙，就像被冰雹打过的嘴
> 　　不信任言语。

　　格林贝恩深知，当代的语言形式大多是意识形态统治的工具，人们的日常用语、广告语、媒体语言等，无不服务于当下的消费社会。这种语言追求最大便利的交际化，它毫不留情地排除了和个人最细微的感觉与经验相关的语言方式，排除了个人话语中蕴含的感知力，只保留可直接交流的、没有任何秘密的那部分用于市场化社会的意识形态语言。正如诗人所说："需要，钢铁般的肺叶，在坚硬的金钱中游泳／被冰冷地抓获"。而诗人的努力就在于，他必须要借助诗歌的语言来表达他的生存处境，必须通过这张"被冰雹打过的嘴"说出事实的真相。因此，他的话语中不可避免地带着他的伤痛，带着这个时代在他心灵中留下的病症的阴影。这种来自个人的抗争在时代的滚滚洪流前显得是那么微弱，那么不合时宜和荒诞：

> 怪异，如果像这样的微笑
>
> 也要逝去，这定有谬误。
>
> 就像广场恐惧症一样，这种德国病兆
>
> 还侵害了这个最友好的动物。

　　诗人面对异化的世界仍不失对意义的追寻，无怪乎他那"友好的微笑"显得怪异和令人酸楚。

　　作为一种严重的精神疾患，"广场恐惧症"指的是患者面对人群、广场时感到极度恐惧，甚至会出现无法控制的心悸、窒息、晕厥倒地等症状。患病的人既害怕独处，也不敢到拥挤的车厢、商场、车站、剧院等地方。焦虑和压抑是其诱发因素，早年的伤害是病症的根源。作为"德国的病兆"，诗人这首诗显然与德国的历史有关。第二次世界大战，纳粹统治以及东、西德的分裂，都与"广场"的政治运动密不可分。这种带给整个民族和个人的伤害一直延续到今天，成为每个还在思索人类命运的人永远无法忘却也无法消除的痛苦。

　　同样的关于疾病的诗句，还出现在格林贝恩《生物华尔兹》一诗中：

无定论，一只耳朵在实验杯中寻找什么，

一只肉质的胸针，在甲醛中呈黄。

何时漂浮在上，何时沉落，

如同坏死的神经中平衡在作响。

……

意味着什么，当脑电中表现出悲痛，

幻觉肢痛操纵着每个不经意的瞬间。

　　"幻觉肢痛"一词在医学上的解释，指的是被截肢的患者常会出现被截掉的肢体剧烈疼痛的幻觉。据统计，即便在手术后几个月，仍有多达50%的截肢患者悲痛地叙说被截掉的肢体极度疼痛的感受。格林贝恩诗句中那只实验杯中的耳朵，那浸泡在防腐溶液中坏死的神经，仍然蠕动在活生生的人的大脑和记忆中，其曾有的生存实在和痛苦仍留在大脑皮层深处。作为一个整体的人，每一部分在被肢裂后所感受到的痛苦是不言而喻的。而从南非大陆最南端的"开普敦"，到北美最北端的"格陵兰"，人类居住生活的这大片的土地被"欲望森林"所分割开来，原本同为一个德意志的国家分裂为两半，正如那些实验室中的肢体，在社会毒素的甲醛中变黄发臭，在诗人的脑电图中哀号不已。极端民族主义和政治意识形态霸权在今天所引发的世界性战争、迫害就是明证，它损害了作为整体的人类的生活，也导致了人类对于和平向善的心愿的绝望和悲痛，以至于诗人发出悲伤的呐喊："我们是困难的动物，如果这是真，/ 我们是困难的动物因为没有什么还正常。"这种异化的直接后果就是使人类变成了"没有大脑的人"：

无所谓，完全的，包装着折磨与疤痕

如同它书写来源

看不见的文身

是包裹于沉默中的皮肤，蓝紫

动脉与赤裸裸的暴力的紧张。

哪种喜悦在停尸房前停留，

在被肢解的肉躯前？

"肢解"的不仅仅是人类，还有属于每个个人具体的日常生活，被技术理性、被市场化社会、被工具化了的人的生活。格林贝恩指出，极度的危险就在我们当下每天的工作、交往中，在我们每一口呼吸之间，"你不会明白，你的踝骨是多么易碎"，而诗人笔下的"伦琴图"、明胶、冷冰冰的金属铬等携带着疾病的阴影，已经笼罩在我们的头顶：

来吧，电话中混乱的声音

这些叽叽喳喳是在死亡面前的藏匿

象征的或平庸的？

象征，在某些时刻是事物真实状态的呈现，从这一点上说，诗人在诗中借助"疾病"这一意象，并非要达到个人的道德评判的目的，这远不是诗人要做的事情。荣格在《论分析心理学与诗歌的关系》一文中指出，原始意象是一种形象，它在历史进程中不断发生并且显现于创造性幻想得到自由表现的任何地方。当我们进一步考察这些意象时，我们发现，它们为我们的祖先的无数类型的经验提供形式。格林贝恩诗中出现的各种疾病的意象，并非要把疾病本身赋予社会性和道德性批判，而是"疾病"这一词所蕴含的痛苦、伤害、恐惧、分裂以及忍受，契合了诗人的感受所要求表达的形象，是创作冲动使它以神秘的方式参与诗歌的创造。它的力量不是来自"比喻"，而是来自它在艺术中的象征价值，来自个人极其细微复杂的体验和感受力。诗人的语言唯有通过隐喻及象征，才能使诗歌摆脱时代的局限，获得超越于我们当下理解力的意义，这是诗歌的伟大之处。也就是说，诗歌天然地反对意识形态，它绝不会以出卖自己的艺术规律为代价来赢得社会批判的胜利。然而，读者想要彻底忠实于事物本身的认识会不断追问艺术形象所反映的内在和外在的含义，包括诗人自身的感受和其周围生存境遇的情状，这就揭示出诗歌背后所蕴藏的"未出场"的社会真实。对一个合格的读者或一个真正的诗人来说，回避那些意识形态概念是必须的，这是因为，"抒情诗不愿意接受他律，要完全根据自己的法则来构建自身；抒情诗与现实的距离成了衡量客观实在的荒诞和恶劣的尺度"，"自我和社会之间的关系，在诗的主题思想中出现得越少，作品依据自身形象展开得越自然，那么这种关系所留下的痕印也就越深"（阿多诺）。诗歌这种悖论式的存在，以及它超越社会批判和道德批判的自我要求，正是诗歌本身的特殊话语方式对物化世界的直接反抗：

如同我胆小的心所知，如它所知

它定会流血，不知什么时候会被逮住。

像丢勒的兔子一样怯对世界，夜晚我

平躺在意义面前。

除了逃亡、肉——剥离了骨头、

赤裸之外在耗费的时代

曾有些许快乐吗？

　　丢勒曾在 1502 年创作了一幅兔子的素描，这幅画在世界美术史上被誉为是透视法和解剖学的典范之作，其精细准确"科学"的笔法让许多人津津乐道。但对于兔子来说，它意味着死亡、恐惧、开膛剖肚。格林贝恩在此以兔子自喻，其心惊肉跳、终日战战兢兢的生存情状，使来自世界的迫害和压抑昭然若揭。将人变为物，最为可怕的不仅仅是肉体上的折磨，而是人对于恐惧的恐惧，是人对于取消了生存意义的虚无的恐惧；它导致了深深扎根于个人肉体和灵魂的绝望感，也导致了诗人就此发出蒙克般令人毛骨悚然的"呐喊"与呼救。这不仅仅是格林贝恩一个人的绝望，也是所有生活在异化世界的人的绝望。格林贝恩通过"兔子"这一形象，通过那"脱臼"的"关节"缝隙间的思索，把私人化的经验提升到了人类普遍性的痛苦体验。

　　格林贝恩诸多诗歌作品的题目和诗集的名字都与疾病和死亡有关，诸如《骷髅基础课》《粉碎身体》《清晨的灰色区域》《献给尊贵的死者》《瑞士式矫正》等等。甚至，我还发现他出版过一本由德意志卫生博物馆主编的书——《大脑与思维——

头脑中的宇宙》。这些充斥着医学术语的作品，既携带着死亡的阴影，也隐藏着生命不可遏制的冲动与反抗。从这些词语来看，显然，格林贝恩的诗歌已经不再是传统意义上的抒情诗了，但是，格林贝恩诗歌中所追求的个人生活的意义感、把身边事物变化为隐喻的能力依旧没有丧失。他继承了把个人经验中从逻辑上的意义变为可体验的意义这一古老的诗歌传统，哪怕是在一个精神匮乏的消费时代，诗人仍坚持像布罗茨基所说的那样：

> 作为一个二流时代的公民
> 我骄傲地承认我最完美的
> 想法全属二等商品，我把它们
> 当作与窒息搏斗的经验赠给未来

或许，这就是生活于这个时代的诗人的天职，是诗人对当下生活和苦难的自觉承担。他不回避困境，也不回避来自良知的拷问，他借助"疾病"这一象征，述说出时代作用于个人生命的经验和心灵痛苦、意识分裂的感受，从而构建了属于他个人的"微观语义学"和个人的修辞学。

2006 年末

那颗不想占有也不寻求胜利的心

知道雅各泰是近两三年的事情。

最早是诗人树才从法国回来说起，然后是周伟驰先生在电子邮件中发来了两首他翻译的雅各泰的诗歌，接着是黄灿然先生电子邮件发来的他翻译的八首雅各泰的诗，最后又读到了树才前些年翻译的八首诗。三位都是我钦敬的好友，他们同时也是诗人和翻译家。在他们翻译的这些诗歌中，重复的篇什有《声音》和《无知的人》两首，也就是说，我读到雅各泰的诗总共才有16首。

16首诗不算多，但对于认识一个诗人，足够了。

菲利普·雅各泰（Philippe Jaccottet），1925年出生于瑞士，28岁时与一位法国女画家结婚后，从巴黎搬到了一个远离都市的小镇格里尼昂生活，过起了隐士般的生活，迄今已近50年。

50年，在历史长河中如电光一闪，但对于一个人短暂的一生来说，几乎占去了一大半。

近 50 年的隐居，令我感叹，因为我们现在生活的时代，是个怎样喧嚣热闹的时代啊！

声　音

曾经，我在一篇很长的散文中写到过世界在黎明时醒来的声音。它不是来自早起的清洁工的脚步，也不是来自林间的鸟鸣，更不会来自床头粗暴的闹钟。

它来自静寂？来自夜的深沉？还是别的什么？

> 谁在那儿歌唱，当万籁俱寂？谁，
> 用这纯粹、哑默的声音，唱着一支如此美妙的歌？
> 莫非它在城外，在罗班松，在一座
> 覆满积雪的公园里？或者它就在身边，
> 某个人没意识到有人在听？

——没有谁。那是夜的声音。

谁会在这样一个寒冷冬天的黎明，在人们都安睡的宁静里，默默伫立着，呼吸着凛冽的空气，专注地倾听不知从何处渗出的动静？

但是，那声音还是来了。一如诗人所说，"一个声音升起来了，像一股三月的风把力量带给衰老的树林"。你看不到风，但你感觉得到风在低低吹拂，你浑身都能觉察到时光在四肢上疾奔，把你从昨天带进了新的一天。那么，是谁在那里歌唱？那声音来自哪儿？从墙缝里，从炉台上，从冰雪晶莹的枝头？

在童年时我有过黎明早起的经历，从姥爷的瓜棚睡醒，在赶集的路上，远处的溪水声，马车的辚辚声和马蹄的敲打，灰蒙蒙晨雾中飘过来的柴草的炊烟……这些都离我远去了。今天的我会被楼下的汽车声和叫卖声吵醒，接着是录音机、电视机、建筑工地的打桩机等嘈杂的声音。是的，我只能听见"声音"，我听不见"无声"和"寂静"的声音。

但我不期然在一首诗里遇见了一个童年时代的"同路人"，一个像孩子一样能够听见不被人听到的声音的人。那声音对于我来说，是安慰，是回家的温暖，我还来不及触及它蕴藏的光明和黑暗。雅各泰轻声说："你可听见……它温柔地向我们歌唱而毫不畏惧，满足于死亡这个事实？"

死亡。

是它的声音。更是诞生和永生的声音。

我震惊，复又感动。

因为，他接着说："只有那颗心能听见——那颗既不想占有也不追求胜利的心。"

我们每日只能听到时代的车轮前进的声音，追求物质和富裕的声音，它是多么宏大嘹亮，

高奏凯歌；我们奋不顾身地扑向一切能为我们带来"利润"的东西，以为我们会在欢呼声中永远活下去。我们已经忘记了，任何活着的生命从自身出发，势必要求死亡作为自己的对立面，没有死亡的意识，人就不可能拥有作为人的特殊和生命的形式。而对于每分每秒的死亡、对于生命真正存在于当下的强烈的意

识，唯有最纤细的神经和最忘我的心灵才会触碰到。

那无人听到的、近在身旁的声音……对存在丧失了知觉的人来说，听到它，几乎是救命的福音。

常被人问到这样一个问题：诗人究竟是什么样的人？我愿意借用莫里斯·布朗肖的一句话这样回答：诗人是通过他的作品的绝对存在而存在的人。但是，这样的作品或许就是雅各泰所说的，只有那些具有一颗不想占有什么、也不追寻所谓胜利的心灵才能够写下来。

无知的人

卡尔维诺在他生前最后一本书《帕洛玛尔》的"蛇与人头骨"中讲了这样一个故事：一天，帕洛玛尔先生在墨西哥参观托尔特克人的古都图拉的遗址。陪同他参观的是一位墨西哥朋友，一位西班牙统治前期墨西哥文化的热忱而善言辞的鉴赏家。就在这位鉴赏家滔滔不绝、言之凿凿地介绍那些圆柱和浮雕象征着什么的时候，一位领着一群孩子的年轻老师也从他们身边经过。那位老师每介绍一组圆柱或者浮雕后总是要说一句："我不知道它有什么含义。"

帕洛玛尔立刻被这位年轻教师吸引。他自忖：拒绝理解这些石头没有告诉我们的东西，也许是尊重石头的隐私的最好表示；企图猜出它们的隐私就是狂妄自大，是对那个真实的但现已失传的含义的背叛。

如今，敢于承认自己无知的人几乎是凤毛麟角了。不仅如此，也少有人承认自己缺少在现实中的各种能力。放眼望去，无所不知、无所不能先生比比皆是。但雅各泰却说：

> 我愈老就变得愈无知，
> 活得愈久拥有或控制的东西就愈少。
> 我只有那么一点儿空间，黑如雪，
> 或闪耀，没人居住。

《圣经》举出的人类七宗罪中，骄傲被列为最大的罪。盖因人类妄想替代全知全能的上帝，并因此为所欲为。骄傲者毋须有敬畏，毋须有谦卑，更毋须有对他人及万事万物的慈悲和怜悯。他拥有着无上的绝对权力，他人在他那里是不存在的。

诗人不但承认自己"无知"，而且还承认自己拥有或可控制的东西愈来愈少。他唯一拥有的是一点点"没人居住"的空间，在那里，他等待着沉默进来，等待着谎言散去。这一切对于诗人意味着可以"有效阻止死亡的到来"。

那么，他还剩下什么？还有什么支持着他生命的火继续燃烧不致熄灭？诗中，那位诗人心灵的引导者、给予者随着黎明进入他的冥想中，对他说：

> 爱，像火，只能在烧掉的木柴的
> 失败和美丽上，显露它的明亮。

即便到了此时，诗人依旧谦卑地说，这些话"被不完全地理解"。

　　一般而言，爱作为人类的一种感情，在物质世界里它几乎毫无实际用处。它不是手段，它是目的。况且，作为一种利他和向善的能力，它几乎不求回报。那么，一个生命若被爱充满，便获得了"可以阻止死亡到来"的力量。毋庸讳言，伴随着爱的痛苦、忍耐，只能在生命那"烧掉的木柴上的失败和美丽上"方才显出它照彻虚无的光芒。

　　诗人的"无知"，在于他对实用主义的撇弃，在于他对爱的深刻理解和身体力行，在于他对生命的尊重和对自我严苛的要求。他的谦卑和朴素单纯成就了他对于"无知"的有知，成就了他对生命的清澈澄明的洞察。

　　或许，我们真的应该像林德所说的那样，逃到"无知"中寻求真正的知识。

　　树才曾经告诉过我，2000 年他曾到远离巴黎的乡下格里尼昂小镇拜访雅各泰，提前和雅各泰约好了时间。但是因为班车晚点，树才直到黄昏天黑时才赶到格里尼昂。离村庄不远，他就看到一个孤独的身影，那是 75 岁高龄的雅各泰撑着一把雨伞站在风雪弥漫的村口，已经等了他整整两个小时。

　　据我所知，虽然有很多中国作家、诗人不知道雅各泰是何许人，但在法国乃至整个欧洲，雅各泰已经是文学界光芒万丈的巨擘。虽则如此，听树才讲述亲历，我决然相信它的真实，盖因诗人和其他文学作者的区别在于：真正的诗人须要经受其作品的检验。

空气里的话

前些日读冯至先生写的《杜甫传》，及至读到杜甫 40 岁以后的作品时，不禁感慨万分。和诗友们谈起来，固然老杜的"三吏三别"脍炙人口，但他的"无边落木萧萧下，不尽长江滚滚来"，以及"星垂平野阔，月涌大江流"等诗句，更是使他的诗名流传千古的一个重要因素。

获得宇宙感，意味着诗人须要有极度的敏感，拥有能够把个人的存在与天地万物的存在联系在一起的能力，亦要有其独特的表达。所谓"语不惊人死不休"，也是杜甫作为一代诗圣对中国古代诗歌艺术的贡献。宇宙感的获得对于诗人，对于欲知晓人在世界的位置、人与世界的关系乃至探求有关认识自我、生与死等问题的一切思想者，有着不言而喻的意义。获得宇宙感的诗人具有通过语言使这一切——内心和外部世界，眼前的存在与过去未来、生与死——变得透明，他的言说即是对无限世界的敞开，容纳他的想象力所能到达的任何事物的边界和精神的地平线。

> 清澈的空气说：我一度是你的家
> 但其他的客人已占据了你的所在；
> 那曾经如此喜爱这儿的你，会到何处去呢？

空气对一个曾经在这个世界而如今已不在了的人询问，你曾深爱这个世界，但你已消失不见了，你会去什么地方？既然你深爱它，为何会和它告别呢？

一个亡灵的生前死后，究竟在诗人眼里是什么样的情状？或者说，诗人如何想象一个生命生前身后的情景？既然人终有一死，肉体会腐烂，化为灰烬尘土，但那曾活过的、留下的呼吸、话语、一切生命的迹象，最终难道只是归于虚无？那些生者付出的爱，受的苦，难道随着死亡的来临都被一笔抹消？

空气接着问：

> 你曾透过地上厚厚的尘土
>
> 看着我，你的眼是我所熟悉的。
>
> 有时你唱着歌儿，你甚至曾
>
> 对着常常已睡着了的那另一位
>
> 俯下身来，在她耳边低语
>
> 你告诉她，地上的光
>
> 是这般纯净，怎么能不指向一个
>
> 可免一死的方向

那么，空气还是知道了"你"的存在。你在厚厚的尘土下，你透过尘土望着人间的你爱过的一切，而你曾呼吸的空气遇到了它熟悉的眼神，一如你依旧活着一样。

"你来自尘土，也必将归于尘土。"即便是在不信仰天主教或基督教的地方，我们也很难断然否定人的灵魂精神的存在。在诗人那里，"你"虽然已经在厚厚的尘土之下，但你依旧还在，而不是变为完全的虚空，进入死寂中。你投向人间和世界的眼神还是像从前一样充满着热爱，就像在你活着的时候，你对身边熟睡的她俯身喃喃耳语，告诉她那普照大地的月光如此美丽，以至于你相信，这美丽的一切都会永存，不会消亡。

但问题在于，诗篇一开始就说出了"你"已经死亡这个事实。即便空气仍然能感受到亡者，但那毕竟是作为"不存在"的存在了。这是一件如此令人心碎的事情！可是，那个曾躺在"你"身边，被你深情爱着的、仍然活在人间的她又如何作答？

　　　而她，他的朋友，透过幸福的眼泪作了答：
　　　"他已变成了那令他最感到愉悦的形状。"

我相信，"幸福"一词在诗人笔下有着承担千钧的力量，它来自"她"无可置疑的回答，那就是：在这个世界上，"你"留在了所有被你热爱过的事物之中，你变成了另外一种你感到愉悦的形状，你跨越了死亡那被遗忘的深渊，在爱和万物中获得了永生。

就我以往有限的阅读来说，死亡始终是一个沉重的话题，它几乎是悲伤、绝望、虚无的同义词。人们对死后世界的巨大恐惧源于死亡意味着彻底的虚无。但是，真正的死亡到底是什么？我们不清楚，或许个人有个人的理解。而雅各泰笔下这首感人至深的诗，的的确确令我明白了，在这个神奇茫茫的宇宙间，在人类那神秘莫测的精神世界里，超越死亡是完全有可能的。

"那些种子多么轻！"

在读了我所能搜寻到的雅各泰的十六首诗后，我有一个初步的判断，那就是他与我喜欢的另一个法国诗人雅姆是精神上的近亲。就其文体来说，他们的自然朴实，他们对于细小事物的热爱和感受，都在强烈地震撼着我。奇怪的是，作为其作品以晦涩难懂著称的法国诗人勒内·夏尔，在我看来也和雅各泰、雅姆有着同一的本质，他们的不同仅仅在于表达方式的迥异。

2005 年 5 月，中法文化交流年"诗人的春天"活动，邀请了 5 位法国诗人到中国访问交流。其中，一头灰发、器宇轩昂的 75 岁的法国著名诗人、哲学家米歇尔·德基最为引人注目。据介绍，德基在世界诗坛名声极大，各种国际诗歌活动几乎都要请他参加。出于好奇，我向他询问：您认为雅各泰怎么样？大名鼎鼎的德基马上睁大眼睛，郑重地对我说："他写得比我好，我不如他。"

据说，雅各泰极少出门，也极少参加文学活动。他和妻子居住在小镇山坡处的一座石头房屋里，读书写作，照料花草蔬菜。

> 那些种子多么轻！懂得这一点
> 的人，会对赞美打雷感到害怕。

唯有深谙那些细小事物所蕴藏的巨大生命力的人，才会写下这样的诗句，因为他知道，细小的、无名的事物恰恰是组成世界的基础，而对它们的关注和体察，正是对无限存在的关注和体察。因为在那最不起眼、最平凡之处，一道树木的纹路，鸽子翅膀的扇动——"人们在头发诞生的地方抚摸你……"而诗人的诗句也在那里破壳生长。

与当下所谓喜欢宏大叙述的诗歌不同，雅各泰更为热爱和关注近在身边的日常生活和现实。在听惯了某些作家、诗人"幸福在远方"的歌唱后，我尤其感到了雅各泰至情至慧的可贵：

> 对谁也不爱的人来说，
> 生活永远在更远处。

一个不爱他的邻居的人，怎能指望他能够去爱整个人类？生活在远方的人，他谁也不会爱！在这个物质生活逐渐丰富而精神极为匮乏的时代，我们需要的或许不仅仅是高楼大厦，不仅仅是统计表上增多的数字，我们更需要雅各泰，需要他那宁静质朴的诗句像闪电般劈中我们麻木的心灵。

在一次由许多国家的著名诗人参加的诗歌聚会上，看到某些诗人或高谈阔论，或自我标榜，不懂外语的我曾低声问过树才：你觉得这些著名诗人的作品比雅各泰如何？树才摇摇头，笑而不答。

是了，我的雅各泰这样说过的——

> 噢！生命的水流
> 执拗地向着低处！

2006 年 10 月

注：本文所引用雅各泰的诗歌出自树才、黄灿然、周伟驰先生的译作。

写诗即获得自由

"没有其他葬身之地"

我已经不知道，我是在倾听你，
还是蝼蛄单调的歌声走进了家。
有一天我也会是单调的歌声，
身体解开绳索，犹如音乐解脱了弦，
空气是我的物质，我是空气。

安德拉德的这几行诗，令我想起了俄罗斯诗人曼德尔施塔姆的话："没有人能走出加农炮的射程，除非他手里拿着一首诗。"没错，在任何时代，写诗都源于爱和恐惧。写诗为诗人带来了精神的自由。

当代葡萄牙语诗人中有两位著名的安德拉德，一位是卡洛斯·德鲁蒙德·德·安德拉德，里约奥运会开幕式上朗诵的诗歌《花与恶心》就出自其手，他是巴西人；另一位就是葡萄牙诗人埃乌热尼奥·德·安德拉德（Eugénio de Andrade）。后一位安德拉德，中国的诗歌读者并不陌生，早在2004年，黄礼孩主编的《诗歌与人》就已发表了姚风翻译的《安德拉德诗选》。2005年安德拉德荣获首届诗歌与人国际诗人奖，在国内形成了一阵"安德拉德热"。这位1923年出生于葡萄牙中部一个农民家庭的诗人，自19岁开始出版诗歌，在他六十多年的文学生涯中，创作了大量感人至深的诗歌。新近出版的《在水中热爱火焰》收录了他由无题短诗组成的组诗《手与果实》《阳光质》《阴影的重叠》《白色上的白色》，以及百余首短诗。

安德拉德属于那种典型的抒情诗人，他的诗歌主题始终围绕着大自然与人的关系展开，正如译者姚风在序言中所总结的，大地、身体和童年三者构成了安德拉德关注和书写的对象。对某些倾向于追求新颖感的读者来说，这样传统而持久的抒情对象或许并不能使他们满足，但是，我听过一位艺术家说：相比新颖而言，写得更好才是最难的。至于安德拉德，他则会告诉我们：把一个词打造成一只船／这是我全部的劳作。他还说："语言是诗人的劳役。语言是对我们的判决。"诗人受语言的驱使，在人间创造，犹如一个庄稼汉在泥土里深耕和播种，因为语言作为人类整体存在的背景并非属于个人，它是活的精神充盈于人的创造冲动之中，并使那些感受到这一点的诗人开口说话，这些话语来自大自然的律动，是应和着它的血肉之躯的呼吸，也是宇宙深处阵阵微风的吹拂，因为对于诗人来说："手在大地上书写，没有其他葬身之地"，也因为诗人的天命正是——"你把音节放在音节上，以此度日"。

在安德拉德看来，写诗道路最终是通往"成为人"这一目的，在此路途之中，诗人力图恢复着自然亘古的意义，并以自身丰富的感知能力，将人与自然接触时的知觉、感觉，经由诗歌语言建构出一个瞬间的整体。和他喜爱的中国古代诗人一样，自然之物与内心感受既是并置的关系，又是相互转换和融合的关系，在此过程中——感知、抒写、语言词语的调配组织，人与世界共同呈现了彼此相望凝视的一个新世界，它不仅仅是伟大的自然在每一个瞬间向人再现的启示和意义，同时也指向那个作为感知主体的诗人的在场，仿佛那就是一个汲取了整个宇宙精华的力量的中心，一个被祝福的价值呈现，一朵自水中升起的火焰，因为这就是对世界的爱："热爱大地上的事物，以一种炽烈但还没有完结的方式去热爱"。

"你手中的大海多么湛蓝"

诗人在为事物命名之时，必定要将血肉之躯交付于被命名的事物。诗人根据对自我的认知，来体验与想象世界万物，正如太初之时上帝或神灵对世界的创造。在安德拉德看来，遥远的星辰亦如兄弟，而他自己也能成为一棵树，能够沿着天空上升，召唤光、水雾，以及火焰的围拢，直至"寂静最终会来到手上把你吞噬"。

《白色上的白色》这组诗，淋漓尽致地表达了诗人对身体重要性的强调。他认为，"至少从柏拉图到现在为止，身体是人类被侮辱、被蔑视、被践踏或者被扭曲得最厉害的一部分，我希望给它以尊严。在人们都谈论精神的时候，我说身体，因为所有没有骨肉的思想都令我恐惧"。尽管安德拉德并非是一个天主教徒，但这并不妨碍他通过身体的感受进入某种神圣的体验之中，从而得到比一般的信徒更虔敬的宗教感。对此他的观点是，"只有通过身体，我们才能企及我们可以抵达的神性，才能在大地的柔弱之光中不再做一个陌生人"，因为"人，只许诺给大地"。他并未停止于此，而是在人性之中挖掘得更深，因为他深信那里面有更多未被认识的希望留待人类去认识。

读一读这位在题材上貌似传统保守的诗人写出了怎样惊人的诗句吧！为了一张能说出爱之话语的嘴，"多少轮太阳、多少片大海／燃烧／只为你不成为雪"，因为没有别的方式，只有这灼热的燃烧，让身体"在夏天抛下铁锚"，温柔触摸的双手将音乐从中解放出来，在身体上起伏，那是爱的颤抖的语言，是借助大地的力量馈赠其光芒与不朽：

> 为了把你带到唇间，燃烧了
> 多少片海，多少只船。

在诗人的心中，一切都以爱的名义呈现于爱人面前，无论是浪花卷曲的光芒，无论是和身体同样健壮的树木、岩石。爱的奇妙在于能够在奉献之时也得到回赠——"这一片在腰间捕获的炽热"，或时常"在十三四岁时醒来"的身体中沉睡的那个少年。和另一个有同性恋倾向的诗人佩索阿稍有不同，后者在写到身体时纠缠着狂热和罪恶感，而安德拉德则将对身体的爱写得明亮洁净，如葡萄牙海岸上倾泻的阳光。诗人告诉读者，"回到身体，

走进去 / 不要害怕身体的暴乱"，源于他深深知道，终有一死的肉身无不渴望摆脱孤独，从属于某一个彼此可以温暖的生命，也因为世界是由肉身来感知和记录的，世界就是一个无限扩大的人之身体。在人的体验中，世界与人同时存在，存在于人与世界建构的关系之中。人在感受和言说中，不由自主地将世界与自我同化，善用隐喻的诗人就是这样获得了神性与人性的启示。

"我歌唱只因为你是真实的"

诗人创造的世界是幻影吗？当一个诗人说"你的手指间诞生了地平线"，这只是类似谎言的一句话吗？为什么不能从双手给予的爱中来建立世界的伦理标准、抑或一座称量温暖与冷漠的天平？

诗人相信诗歌的创造更为真实，因为诗就是爱，因为进入想象力就是进入文明。当人们还在相爱，"我们富有得互相给予 / 好像我们拥有世间的一切 / 越是给你，给你的就越多……只因和你在一起 / 万物才举手可及"。但当一种不能再生的情感耗尽，人们随之变得两手空空。但即便如此，诉说这一过程仍有意义，它依然是理性的力量，依然是对孤独心碎者的安慰。诗人赋予他深刻感受到的概念以具体的形象，翻译和解释不可言说的感觉与思想，在叙事诗中如此，在抒情诗中更是如此。安德拉德写于1974年的《佩尼谢》这首短诗，只用了风这个形象，写尽了佩尼谢这个葡萄牙萨拉查独裁时代关押政治犯城市的荒凉，以及这个国家的沉闷压抑。法国诗人雨果曾说："谁要是提到诗人这两个字，他也就必然是在谈论历史学家和哲学家。荷马包含了希罗多德和达莱斯，莎士比亚也是这种三位一体的人。"

> 寂静的黑暗
> 有一个裂口，
> 一个缝隙。
> 听得见士兵们
> 冲着墙
> 滋尿的声音。

　　安德拉德 1974 年记录下的这堵柏林墙，终于在 16 年后倒塌了。诗人是敏感的预言家，这是因为他不仅仅能把所知所感表达出来，也有能力把人们无从感知的、隐匿的事物表达出来。诗人是历史的神经，是时间的大脑和器官，他容纳充斥他生命中的一切事物，让诗句占有着世界。他深谙语言奇迹般的穿越术，正如瑞典诗人特朗斯特罗姆描述音乐的魔力那般，"你可以让手学习另一种艺术 / 如何穿过玻璃"，而让玻璃保持它的完整无损；也能以言辞劈开岩石，"把所有的马送给大海""让一只手臂和另一只手臂比两只手臂更多"。诗人感知到在我们的世界上会有一个更辽阔广大的空间，可以用心灵和注视充盈，可以给予任何事物一个公正的存在；可以用"手抚摸阳光 / 延长短促的时光"，在某个瞬间获得永久的驻留。这不是幻想而是一个伟大的事实。正是这无穷增殖的爱，使安德拉德写下了如此动人的诗篇——那是葡萄牙情感的仓储，也是属于人类共同的一份光荣。

2017 年 9 月 6 日

诗人呼唤幽灵

波兰，古称孛烈儿，人口不到四千万，相当于中国的贵州省，但它却给世界贡献了四位诺贝尔文学奖获得者——显克微支、莱蒙特、米沃什、辛波斯卡。《米沃什词典》中，多次提到亚当·密茨凯维奇（Adam Mickiewicz），有细心的读者发现米沃什并未在书中为密茨凯维奇单独列出一个词条，"或许他认为密茨凯维奇早已远远超越了他书中写下的这些人和事件"。米沃什毫不讳言他的文学老师就是密茨凯维奇。《波兰文学史》如此评价——"密茨凯维奇之于波兰人，等于歌德之于德国人、普希金之于俄国人。密茨凯维奇是通过他自己为波兰事业奋斗的一生而成长为'民族歌手'和之后几代人的精神领袖。"

在我见过的波兰诗人中，诸如扎加耶夫斯基和汤玛斯·罗瑞茨基，都有着沉默寡言、腼腆内向的性格和神态。他们眉宇间隐藏的一丝忧郁，或许正是波兰历史留下的伤痕。这个波罗的海南岸的国家，西边是德国，东边是俄罗斯、立陶宛、乌克兰、白俄罗斯，南边接壤斯洛伐克、捷克。历史上多次惨遭亡国之痛——第一次世界大战前的漫长岁月，被俄罗斯、普鲁士、奥地利三次瓜分，"二战"时又被德国和苏联瓜分，成为欧洲流亡人数最多的国家。直至苏联解体才逐渐摆脱了外族的影响和统治。对波兰人来说，这样的历史丧失的不只是国土，还有语言和记忆。自文艺复兴时波兰诗人放弃拉丁语改用波兰语写作，这个小语种就不断因为领土被占领瓜分而面临着消亡的危险。可以说，密茨凯维奇正是用自己卓越的创作，牢牢地守住了波兰语这块阵地，也为其后代诗人作家树立了不屈的文化榜样。他出生在 18 世纪末，正是波兰第三次被瓜分后不久。1820 年他发表《青春颂》以及 1822 年出版的第一本诗集《歌谣和传奇》时，欧洲正在经历浪漫主义的第二次高潮。他在诗中引用古希腊神话里海格力斯（赫拉克勒斯）在摇篮里斩杀巨蛇的故事，用来赞颂改变世界的年轻力量，痛斥腐朽的现实。他的诗一开始便带有浓厚的民间文学色彩，与当时占主流文化的伪古典主义传统大相径庭。而关于《谣曲与罗曼司》这部诗集，米沃什给予了极高的评价，他认为，即便在当时有很多浪漫主义诗人写过类似主题的谣曲，但密茨凯维奇与他们最大的不同在于他受到过古典主义的吸引，而且这位"喝乡下的水"长大的诗人相信古典主义对男女精怪那轻盈、机智的呈现。《自由的太阳》这本译诗集中收入了其中部分诗作，充满了强烈的阴阳相通、人与幽灵共存的氛围。一个恋爱中的女子，和生死相隔的男友的鬼魂对话，缠绵相爱；一个父亲的幽灵出现在山岗上，庇护着家人不遭受强盗的伤害；波兰16世纪传说中的魔术师与来自德国的魔鬼斗智斗勇……这些取材自民间故事的诗歌,不仅韵律优美,又读来真实可信。米沃什坦言,密茨凯维奇很迷信,对民间传说倾向于信任,"相信神话中的变身术",这和单纯借用民间传说的诗人们完全不同。米沃什指出,《歌谣与传奇》的魅惑近乎魔力,而其后的诗人如果想写好诗,最好像密茨凯维奇那样经受一下古典主义的淬火。

1823年,密茨凯维奇的第二本诗集出版,收入了脍炙人口的诗剧《先人祭》第二部和第四部。第三部完成于1832年,《自由的太阳》收入的就是这第三部。《先人祭》的第二、三、四部不久前曾在北京公演,据波兰导演说四部全部演完需要整整12个小时!关于这部取材于波兰早期异教时代村民祭奠先人的民俗神圣诗剧,密茨凯维奇写道:"《先人祭》的虔诚目的、隐蔽的地点、夜晚的时间、怪异的仪式,有段时间曾给我的想象力以巨大的影响。"异教徒祭奠先人的方式近乎俄尔甫斯秘教的某些仪式,显然在当时的社会背景下,隐喻着爱国青年反抗极权统治、追求自由和民族独立的精神。将《先人祭》看作是"通灵手册"的米沃什说:"他难道不曾劝告过人们要在生活中有所行动吗?他难道不曾说过'没有躯体的精魂难以行动'吗?……他写到过阴阳两界的相互作用。在他笔下,阴间没有不可改变的事物。"诗人在诗中呼唤幽灵,借古喻今,从民间传说和往事中保存民族文化的记忆,歌唱自由和人的尊严,而这正是一个诗人的天职。在一般波兰人的眼中,这部杰作被视作开波兰文学先河之作,戏剧改革家斯坦尼斯拉夫·韦斯皮扬斯基将它首次列入波兰戏剧的保留剧目。鲁迅先生评价密茨凯维奇为"叛逆者",认为他"是在异族压迫之下的时代的诗人，所鼓吹的是复仇，所希求的是解放"。事实上，这部作品在后来的波兰历史中，成为民族神圣戏剧，经常遭统治者当局禁演。而对于将它搬上舞台的艺术家们来说，"它是浪漫主义最复杂和最丰富的作品之一，把梦与残酷的、现实主义的讽刺糅合起来，被戏剧导演尊为对他们的技能的最高考验。"

1828 年，密茨凯维奇创作了《康拉德·华伦罗德》。这是一部讲述 13 世纪立陶宛爱国者抗击入侵的条顿族的长诗，诗句慷慨激昂，感人至深——

啊，故乡的往事，你就是那约柜
把古代和现今世界联系起来
……
我听到了歌曲——一位百岁的农夫
扶铁犁耕田的时候翻起遗骨，
他伫立，吹起他的乐器芦笛，
为死者祷告，或者发出悲叹。
颂扬你们，伟大的先人——却没有后裔。

克罗齐有言：一切历史都是当代史。密茨凯维奇这部长诗的反抗激情引起了沙俄极权的注意。密茨凯维奇在大学时期就是秘密爱国组织"爱学社"的领导人之一，曾经因此被捕入狱，之后被流放。这一次密茨凯维奇不得不离开俄国去罗马。不久之后又辗转至巴黎，直到 1848 年欧洲革命爆发，他又回到意大利，组织了罗马军团，反抗奥地利的统治。克里米亚战争爆发时，他来到土耳其，并打算组织军队反抗沙俄，但因染上霍乱，在土耳其逝世。那个时代有不少诗人都是行动者，投身于民族独立、追求自由的沙场，诸如英国诗人拜伦，参加了希腊民族解放运动，并不幸染病身殁于希腊，密茨凯维奇亦如此，是一位真正为了自由、独立和人的尊严而献出全部生命的诗人。

在《自由的太阳》这部诗集中，除了上述的诗作和长诗节选外，还有长诗《塔杜施先生》。关于这部十二卷的波兰史诗巨作，米沃什提到过一个小故事：一位叫帕什卡的人写诗歌颂他的一棵起名"鲍伯利斯"的橡树，但使这棵橡树的大名流芳百世的，则是密茨凯维奇，"因为密茨凯维奇将它写入《塔杜施先生》而使之不朽"。米沃什历数构成自己精神世界的书籍——以前的《圣经》译本、圣歌、克哈诺夫斯基、密茨凯维奇。而《塔杜施先生》则作为他年轻时的基础读物奠定了此后米沃什认定的"文学英雄"的地位。《自由的太阳》一书收入了《塔杜施先生》的三个章节，读者可一窥这部史诗级作品的壮丽。

密茨凯维奇的长诗自然是世界文学的瑰宝，但他的抒情短诗更见这位诗人的功力。"克里米亚十四行诗"、晚期的"洛桑抒情诗"、他的爱情诗等，是海洋和大地的颂歌，是星空与万物的颂歌，也是对爱和希望的颂歌。这些充满热情也闪烁着哲思的诗篇，有着呼唤幽灵复活的力量，有着点石成金的神奇魅力，更新并确立了波兰语最高的文学水准，也深深影响着后来的波兰语诗人的创作——"密茨凯维奇永久的魔力——一种无法理解的魔力。……永远感激密茨凯维奇。我对他的生活理解有限，我也不知道他从何处获取他诗歌的力量，但是要感谢用不着理解。"米沃什如此赞叹。

献给元音和辅音的忠诚

若论私德，德里克·沃尔科特（Derek Walcott）的名声一向颇多争议。这位获得1992年诺贝尔文学奖的诗人，时常被一些绯闻纠缠。他的"傲慢"，他在竞争牛津大学诗歌教授席位时关于骚扰女生的新闻，等等，招致了很多有损他形象的评价。尽管后一事件后来被证明是竞争对手动用了写匿名信的卑劣手段，但这些传闻在某种程度上减弱了一些读者对他的尊敬。人们对一个人的评价往往包含着公德与私德之间或极端、或平衡的标准，但毋庸置疑的是，这位八十多岁的老人以饱满的激情——也包含脆弱沮丧——向世人展示他的新诗集《白鹭》时，依然是令人感佩的。作为一个功成名就的诗人，若非不得不通过新的创造抚慰和医治不可阻挡到来的衰老、疾病、死亡的威胁，那么，他完全可以以更讨巧的"急流勇退"，保住世俗意义的名声最辉煌的那一瞬间。然而，他在耄耋之年完成了《白鹭》，并在两年后击败了希尼等强有力的大诗人，一举斩获了2012年艾略特诗歌奖。

愤怒的老年之诗

老年人还有明天吗？老年人的明天是死亡还是回忆？

身体的衰老、疾病的折磨，总让那些重视精神生活的人们陷入无措和难堪之中。上升的精神与慢慢变老变丑的沉重肉体之间横亘着美的天堑。似乎一切美的事物都是健康的、充满青春活力的，它们预示着未来和希望，预示着摆脱肉体速朽的可能性，几乎等同于纯粹的美的精神形式。人们如何学会在精神升华的过程中，也能接受身体的衰老枯败，沃尔科特在《白鹭》中向我们呈现了一份感人至深的答案和独特的参照。

英国狄兰·托马斯在悼念其父的《不要温驯地走进那个良夜》一诗中，对死亡这一人之天命进行了愤怒的拒斥："老年应当在日暮时燃烧咆哮，/怒斥，怒斥光明的消逝。"沃尔科特在进入老年之时，同样坚韧地将前半生对命运不屈不挠的抗争带到了与疾病和衰老对峙的生活现场：

> 我一直保持同样的狂怒，虽然我在家里的愤怒
> 不合常理，身患糖尿病，爱并没有减少
> 虽然我的手不停地抖，但并非在这张纸上。

诗歌赋予了诗人罕见的精神力量，这力量保证了他对创造

力的自信和骄傲，以至拿笔的手可以重新安排身体和诗歌的秩序，尽管他也知道，"死神将会把它从我放在这个胜地的方格桌布上的手中取走"。此刻的诗人是悲怆的战士，但也并不掩饰自己内心的脆弱与哀伤，他甚至像溺水之人向岸上发出绝望的呼救："——你们所有人，救救他！救救他阻塞的心。"《西西里组曲》中，充满着祈祷、求告和哀怜，他向故乡圣卢西亚哀求："岛屿和眼睛的守护神，为我匮乏的视力！"因为举目所见每天的日升、日落，都在"两个模糊的晶体后面"，疾病慢慢蚕食着他用以热爱世界的躯体，但他依然能够用诗歌这一优雅和骄傲的方式继续对世界和生活的感恩，哪怕他也不断地哀叹"才华舍弃了我"。

沃尔科特以"白鹭"自喻，不仅仅因为他认为自己是"一个长着白鹭头发的别霍"，也是因为白鹭是可以自由飞翔的鸟儿。这个形象最接近波德莱尔评价雨果时所说的"最复杂、最道德"的感觉，是因为在诗人精心挑选的这一形象中，蕴涵着那些"最具人性的东西"。对于沃尔科特这样杰出的诗人来说，白鹭起飞又降落，出现又消失，宛如人生真实境遇的情节，更重要的是，追随白鹭的身影，穿越世界，最终平稳没入茂密的橄榄林中，正符合初遇疾病衰老时愤怒的诗人逐渐获得宁静的心境——"进入那种平静／超越欲望摆脱悔恨，／或许最终我会到达这里"。从这里开始，沃尔科特对待死亡的态度更具东方性，因为他深知，尽管老年总是会遇到告别，"一些朋友，我已所剩不多，／即将辞世"，然而，消失又重新飞回的白鹭更像是生命的新生——记忆中不仅往事在回返，新的希望和新的

创造在老年时光里同样可以重新开始，比年轻不懂珍惜时更美好，因为"余生仍然期待／新的可能，云影追逐着一道道斜坡"；也因为诗人明确地知道，"此刻我的头发与那些遥远的山顶押韵"。

永恒的爱欲之诗

一般而言，对于东方人来说，爱欲与老年人无关——或者说这是一个禁忌的话题。八十岁的沃尔科特并非没有意识到性欲或者爱欲给自己带来的困惑，甚至是道德上的折磨。他自称"一位疯狂的老人，他酷爱阴郁的农牧神"，他依然会凝视"在大腿上涂抹乳膏的香草色的姑娘"；在与早年恋人分别六十年后的相遇中，依然会"感到狂热短暂地返回"。在写给一对新婚夫妇的赠诗中，他想象这对爱侣在一起的情状，竟大胆地描述新娘——"她的身体靠得更近，像一条船驶向你，／她的港口，她的通道，她轻轻地摇晃，她的肋骨轻触你的肋骨"，使人感觉既是在谈论这对新人又像在描写自己的亲历。他将老年的爱欲称之为"我的敌人"，那是"可恶的欲望"，但却又为其做了合乎情理的辩护，因为"它们是美的"——

> 我会和我的敌人分享这个世界的美
> 即使他们的贪婪毁坏了我亚当岛的
> 天真。我的敌人好像壁画里的
> 一条大蛇，他所有的

鳞片、毒液，闪光的脑袋都是

　　这个岛的美的一部分；他无须忏悔。

　　人的爱欲是自然的存在，但作为人的沃尔科特却在老年之时，对平生的情事进行了勇敢的忏悔："我知道我做了什么，我不能看得更远。/我虐待了她们所有人，我的三位妻子。"在《西西里组曲》中，他历数自己的过失，痛悔荒唐的往事，其中既有对不能抵御"塞壬"之诱惑的描述，也有对因"不信"而回头最后变成盐柱的女人的追忆；既有对有关自身"绯闻"的辩白，也有对嫉妒、暴怒、扭曲的自我剖析——"这种对他人的简单快乐的憎恨，/……只有她的受苦才会给你带来满足"，直到象征死亡的"蛾子"成群在葬礼上出现，诗人终于承认："我害死了她，用我刻薄的妒忌，我平庸的爱之恨，我可怜的耐心，我无能的焦躁。"

　　这些诗句令人惊悚不已。并不是说，沃尔科特在情感上比别的薄情寡义的男人更糟糕，而是说他对自己的解剖更不留情，死亡的来临，使得人的忏悔更真实可信。也许沃尔科特在具体的情感经历中有过很多不堪的往事，但就其爱的抽象性和普遍性来说，他对女性动人的赞美，在《西班牙组诗》中，以及《在阿姆斯特丹》和《在心灵的海岸上》等诗里，处处可见那些被诗人的诗句赋予了永恒之美的"闪光的少女"的身影。这是否也意味着，作为一个普通男人的沃尔科特，与作为一个诗人的沃尔科特，是不能用同一个伦理标准来评判呢？

不朽的自然之诗

如果说，愤怒的老年之诗与永恒的爱欲之诗仅仅指的是沃尔科特《白鹭》一书体现的两种主题，那么，他独特的诗艺、对自然物象娴熟的隐喻转换、敏感而准确的洞察力，都可以在每一行诗中得到印证。或许是因为他同时是一位画家的缘故，在他笔下呈现的事物极具画面感，每样事物的形态、颜色、气味、光线等都是运动的，历历可见的。和那些抽象大师们不同，沃尔科特笔下的自然之物呼之欲出，生气勃勃又具体可感。这并非赞美之词，而是它们赞美得还不够——事实上，他的具象事物中充满了普遍性的抽象，每一样事物同时又都是它的大写字母，是它们这类事物的概称。布罗茨基对沃尔科特的评价极为准确："他完成了任何博物学家都未能完成的事情——他赋予它们生命。"

诗人深信，如果他不写诗，世界将不存在——"没有词语，让北极的油轮驶向哈得逊河，让积雪的 / 痂从屋顶融化，没有诗歌，没有鸟群。"诗人之手的诞生，早于他的面孔。他的面容什么样，取决于他的手艺如何听命于那颗深藏于胸膛深处心脏的跳动。在《我的手艺》一诗中，他写道：

> 我的手艺和我的手艺的思想平行于
> 每个物体，词语和词语的影子
> 使事物既是它自身又是别的东西
> 直到我们成为隐喻而不是我们自己

这大概就是沃尔科特对自己诗艺的最直接的阐释。即使在众多卓越的诗歌大师之列，如他那般善于从大自然、从日常生活中攫取繁复意象，并举重若轻地重新安排创造一个新世界所需要的词语秩序的诗人，依然是罕见的。他的诗句的可视性、直接性，具有强烈冲击人们视觉想象的力量。这种视觉想象力，以奇妙的魔力调动起读者其余的感觉器官，并使他们相信，眼前这些词语就是世界的存在。他高超的隐喻方式，在《这篇散文》一诗中展露无遗。这是一首以自然之物的隐喻写就的文学评论——从一匹"赶上山路的骡子的步法"开始，延续了一首诗里隐喻系统的完整性，完美而无懈可击。在《乡村葬礼》这首诗里，沃尔科特以物和空间展示时间，从而使时间获得了空间的状态；而在《消失的帝国》里，诗人的视角超然天外，将星星、渔人的篝火和米兰、巴黎、伦敦的辉煌灯火并置一起，改变着我们熟悉的物理世界，无限拓展着读者精神性的宇宙感受边界。

　　译者程一身介绍，沃尔科特大部分诗歌都严格押韵，我们可以想见原诗的音乐性如何和谐地与内容相融在一起。尽管译者在翻译过程中为做到准确传达而放弃了生硬的凑韵，但读者依然可以在诸如《牧歌》这样的诗中感受到那经过译者之手传达出的音韵的美妙："在秋天无声的咆哮里，在白杨树 / 刺耳的高音里，圣栎的男低音里，/ 在斯库尔吉尔河蜿蜒的音色咏叹调里……"这样的诗句的节奏，也正是波浪的节奏，山峦起伏的节奏。

　　沃尔科特虽然在婚姻中没有从一而终，但他对诗歌却保持了一生的忠诚。他写下《在悬崖上》这首诗，无限悲伤地叹息自己"才华已经枯竭"——"除了放弃如同女人般的诗歌，因为你爱她／不愿看到她被伤害"。诗人对诗歌的感激之情，在悲声中并未结束，因为那一群白鹭再次起飞，正如他这本诗集最后一首《终结之诗》里所写，一张纸上的事物退去之后，"它再次变白"，一本书终结了，但一张洁白的纸总是预示着新的墨迹，新的书写，新生命的一页的开始，它将在其他年轻诗人那里，继续着"对元音和辅音的忠诚"。

2015 年

澳大利亚灵魂的托管人：莱斯·马雷

一

　　语言是诗人的祖国。语言是一个民族永不会丢失的国土。在全球化愈来愈成为趋势的今天，最通用的语言几乎就是货币，其次就是枪支。掌握货币权的不是生产者——从古到今的农民、工人等各行各业的劳动者，而是紧握权柄的看不见的手，是撕裂优美语言的陈词滥调，是使田园荒芜、人心沙漠化的唯我独尊的强权政治，是污染心灵的拜金主义和意识形态对人的奴役。对那些至今仍然生活在中世纪的人尤其如此。诗人在这个时代的职责，不仅仅是将瞬间的感觉、对历史和时间的思索化为经验和思想，也要通过艰苦的创造，更新民族语言，为它增添新的活力，重新恢复人的尊严和对终极价值的信仰。一个丧失了传统优美语言的民族令人哀怜，一个不创造新的语言的民族不值得尊重。必须恢复对大地最初的感受，必须忠实于内心，必须更新自己的词汇表，必须抵抗各种强权的话语秩序，为大众的昨天和未来写出激怒他们的诗。而莱斯·马雷正是这样一位被称作"澳大利亚灵魂托管人"的诗人。

莱斯·马雷（Les Murray），1938 年 10 月 17 日出生于澳大利亚新南威尔士邦亚的一个牧场，那是一个偏远的贫困山区。他的家族是苏格兰移民的后裔。在马雷的童年时代，全家人的生活极其贫苦，有很长一段时间，童年的马雷赤着双脚，没有鞋穿。他的祖父与父亲之间充满敌意，作为一个没有工资的牧场"雇工"，马雷的祖父答应给他父亲的唯一报酬，是留给他一个农场，而他能做的只是一个樵夫的工作。尽管如此，马雷的童年还算得上是快乐的，因为山区牧场到处是出没于丛林野草间的动物，以及生气勃勃的鸟类和植物。大自然以它无边无际的安慰，养育着未来诗人的身心。直到他 12 岁那年，马雷的母亲因为流产大出血，救护车没来得及赶到而去世，童年的欢乐戛然而止。

失去了妻子的马雷父亲，几乎陷入崩溃。小小年纪的马雷不得不学会照料父亲。"当然，当他不是一个酒鬼的时候，他就是一个沉湎于悲伤的人。他总是每天工作 16 个小时。"马雷的祖父死后，牧场并没有给他的父亲，于是，他的父亲愤而出走，重新回到别的林场当伐木工。但马雷和其他家人留了下来，因为那里有他们的生活。

小马雷非常努力，他阅读马克·吐温，阅读一切能找到的书本，甚至"包括吉本斯邮票目录的任何一页"。他的母亲临终时托付家人，务必支持他的学业，家人都做到了——1957 年，他进入悉尼大学读书，他赢得了奖学金，并加入了澳大利亚皇家海军预备役部队，为自己挣得一些微薄的费用。大量的阅读，使他对古代语言和现代语言产生了非同寻常的兴趣。他开始尝试创作，并于1963年进入澳大利亚国立大学从事翻译。他结识了一批作家和诗人，并有一些关注政治的记者朋友。他的诗歌和小说开始在澳大利亚重要的刊物上发表，并引起了批评家的热切关注。1965年，他的第一本诗集《冬青树》出版，这本诗集让他赢得了一个诗歌奖并能去欧洲旅行。他到了英国，在威尔士住了一段时间。一些同龄的诗人曾劝他留下来，他的回答是："我喜欢英国，但从未想到过要成为英国人。"接下来的时间，马雷不断出版诗集，并开始有了国际影响。1971年，他辞去了有保障的、"体面的"职业，回到家中全力以赴写诗。1972年，他和一批悉尼的激进分子组建了澳大利亚英联邦党，并由他执笔起草撰写了充满理想主义色彩的竞选宣言。他参与了一场"反对新诗现代主义"的运动，并成为这场诗歌论战的骁将。他反对"后现代"的一个理由是，后现代文学将诗歌与大众隔离，成为小圈子或一小撮"精英"的所有物。1973年，他一边开始业余从事编辑工作，一边笔耕不辍。他同情生活在贫困线上的澳大利亚白人和土著，经常写文章批评政府当局的经济计划。他旗帜鲜明地反对现代化进程中对自然的毁坏性开发，为失去了土地和牧场的农民呼吁。此后多年，他接二连三获得了许多国际著名的诗歌大奖，这使得他对政府的批评更加引人注目。

由于马雷疾恶如仇的个性，他经常被卷入一些与政治有关的事件中。1970年5月，他在堪培拉一个朋友家的私人聚会上，遇到了澳大利亚的历史学家曼宁·克拉克，后者身上佩戴着一枚列宁勋章。这种勋章在当时的苏联很少授予外国人。克拉克看着马雷惊异的眼神，骄傲地炫耀道："你知道，这不是一般学生戴的东西。这是一枚真正的奖章。"马雷极为震惊，在马雷眼中，它几乎就是可耻的标志。马雷无意向别人透露此事，只是8年后在和一位政治学家约翰·保罗聊天时谈到了自己的惊诧："你能想象吗？一个资深的历史学家，居然在私人聚会上戴着列宁勋章。"后者在别的场合谈到马雷的时候，把这件事情又告诉了他的一位记者朋友。消息传出，一时间掀起了轩然大波。克拉克去世后，他的家人指责马雷说谎，一些人给马雷施加巨大的压力，让他否认这一切。马雷断然拒绝。但那段时间他为此深陷抑郁症的折磨。当然，这件事情最后以更多他人的证言而使马雷摆脱了媒体和舆论的纠缠。

马雷渴望宁静的乡野生活，他于1975年重新买回了一部分牧场的领地，经常回到那里住上一段时间：

> 城市不太能容纳我。我永远走在
> 回归乡野的路上，在上行的火车上眺望
> 倚出车窗，看遥远的山脊
> 看树间的天空，在喧闹的
> 铁路上，细听回音和沉寂

直到1985年，他带着全家回到故乡，在那里永久定居下来。迄今为止，他赢得了包括艾略特诗歌奖、彼得拉克诗歌奖、格雷斯利文诗歌奖、英国皇后诗歌金章、意大利蒙德约诗歌奖等著名诗歌奖项，享誉世界诗坛。

二

马雷一个多年的朋友克莱夫·詹姆斯评说他的诗是"真正的土地"，几乎和弗罗斯特一样，农村是他的出发点，但却不是他的目的地。而布罗茨基对他的评介则是：真正属于澳大利亚的诗人，正如诗人叶芝属于爱尔兰。很简单，这取决于一个诗人所使用的、他生活在其中的那片土地的语言。马雷对于生活在澳大利亚的苏格兰后裔有如下看法——"就时间而言，怎样才像澳大利亚人？他们已经失去了盖尔语。"马雷关注地区性的语言，也关注书面语。或许，就语言来说，以日常语言更新书面语的表达可能，正是他要尝试的探索。因为语言表达和传播的不是别的，恰恰是本雅明所说的"与自身对应的那部分精神本质"——他甚至把自己的一本诗集命名为 *The Vernacular Republic*。宋之江先生译为《白话国》，Vernacular 也有"乡音"的蕴意，对此，马雷在接受《巴黎评论》采访时解释道："诗人要把语言的各个层面互相编织、互相比对，所以我也不会排斥语言的任何层面。在澳洲，'现代主义者'通常是'极权主义者'的符号，但这个符号也有好的一面。它允许并鼓励任何言语入诗。语言所有层面和领域可以互相融合，充满包容与中和的声音，澳洲曾是这样的'白话国'，也有潜力成为这样的社会。"

澳大利亚在现代化进程中不断失去丰富的各类民族语言的

鲜活性。当代的英语，最大限度地为人们提供交流的便利，最简捷地服务于经济贸易、政治和法律制度。一套逐渐变成陈词滥调的官方话语，充斥着报刊、电视等媒体，尽管他们或许还享有某些自由，但在诗人那里，一切陈词滥调的语言都是毁灭民族文化的第一罪人。或许，对一个诗人来说，他最原始的语言都来自心灵的感受和大地的养育。在马雷的诗中，家乡牧场周围的事物，他眼睛中的牛群、三叶草、百喜草、碎屑岩、雏菊、棕榈树、鹭鸟、鹦鹉、野鸭、林木的清香……几乎是毋庸置疑的德行的象征。那是大地的道德，是泥土唱给自己的赞歌。人在大地上劳动，流汗，是对大地的献祭。在《步入牛群》这首诗中，他以泰戈尔的诗作为题记——"忽然，我走进一个世界，我在那里找回完整的存在。"这首挑战读者的诗，充分显示了诗人对时代复杂人性的洞察力和高超的表达技艺。这是一首有十四个章节的长诗，马雷在第一节"梵语"中，开篇就写下：

उपसर，第一次交配的小母牛，

अद्यश्वीना，临盆的小母牛，स्तरीवत्स

生了小母牛以后的母牛（अतृणाद

初生的小母牛）。我要偷走这段契经。

诗人看到："最古老的牛队蹭唤着房子。/ 我在一个牛蹄引领的世界中醒来。"常年为人类辛勤耕作、提供奶与肉的牛，在印度被视作神的象征，不允许宰杀、不允许轻慢，牛受法律保护，牛被写进神圣的经文，在日常生活中也备受尊敬。这与在欧洲的牛的命运完全不同。斗牛被诗人看做是"愚钝，丢尽脸面"，是野蛮人的血腥。但诗人同时也看到了，在这个牛的数量全球最多的国家，依然还有着等级森严的种姓制度：

> 婆罗门、刹帝利、
>
> 吠舍、首陀罗，
>
> 也是我国的四个种姓阶层，例如我自己，
>
> 和那些真正的黑种人。

于是诗人"刹那间，我们似乎信以为真，/ 心无仁爱，/ 黑天神的螺纹，我随之旋转，声音发抖"。在这首长诗中，马雷描写了牛在世界各地——牧场、屠宰场、斗牛场、加工场、"华尔街食人的图表上"、伦敦财政赤字的报表中的情形，回忆着腓尼基人船上最贵重的货物——牛，如何被捆绑，"呼吸困难，面向黎明，引领 / 欧洲所有的航船"，怀着深厚的感情注视着"母牛"、阉牛，看着"身上有着长老勾斑、有着麝香葡萄酒颜色"的牛群在人类贪婪无度的目光下生活。"我只跟牛走。"诗人说，因为他看到了这样一种忠厚无怨的动物在闪闪的屠刀下，依然"面对时代的从容。/ 一只鹡鸰在牛背上左右左右飞缠"，而要被诗人说出"谦逊的名字的"牛，被它信任的人类"充分背叛，历经足够万古"的牛，仅仅在"抽咽更简单的无边牧场"。人类失去与他们命运休戚相关的自然之物后，人便成了被自身放逐驱逐的异乡人，丧失大地这一真正的故乡。牛的蓝色眼睛里同样有着与大海、蓝天一样的宇宙图像，人类对这样一双眼睛的

注视，也是对自身、对草地、对时间、对宇宙的注视。

在马雷另一首《布拉迪拉镇与塔里镇的假日套曲》中，他像一个博物学家一样向我们展示了乡村大地上生气勃勃的奇迹和它们正在遭受的厄运。公路像一条国家经济秩序的粗大的肠子，正在吞噬和消化这里的树林、水泽和当地人的生活。奔驰的汽车使夜晚的公路像一条燃烧的大蛇，缠绕着山峦；和柏油隧道一起，"穿越苦隆古鲁河，穿过王莴河，穿过瓦蓝巴河"。在这条怪物的嘴巴里，森林在消失，村镇在消失。来度假打猎的人拿着枪，能听到鸭妈妈对孩子们嘶吼："跑啊！／抓我（翅膀折了）我更胖（翅膀断了）。"在人的冷漠面前，鸭妈妈就是悲伤的披羽圣母。人类原始社会时，几乎世界各地都有在节日中人们装扮成植物神、动物神举行婚礼、象征繁衍的庆典活动。先民们以此祈祷他们的种植和狩猎能获得自然神力的保佑，而这些献祭活动就是对自然力量的尊崇、敬畏和赞美。马雷在这首诗的后半部分，就像一个长歌当哭的古代祭司一样一一唤出那些养育过人类灵魂的事物的名字：鹭鸟，裸颈鹤，草蜢，蟋蟀，青蛙；那些树神：麻黄，榲桲梨，柿子，苹果树，"那些果子有前世的味道，有锯屑的味道，有客厅歌曲的味道，有礼仪强烈的味道"，那些祖母辈的果树甚至能自己从溪岸穿过"爬满荆棘的铁门"，走街串巷，跋山涉水，即使树枝被剖开，树肩已腐烂，在夏天也能结出往昔香味的果实，让孩子们的唇齿一饱甘甜。很显然，在诗人心中，自然之物比人类社会有着更为庄严有序的生活，它们连接起的是人类不断失去的时间。在他笔下，每一样植物和动物，都在大地上工作，开花、结果、繁殖，在时光里不断召回失去的时光——它们遍布澳大利亚所有的牧场、森林、沼泽和海湾。这首诗的最后一章，几乎是一节令人惊讶的璀璨的天文学课，乡镇的十字架被倒挂在夜空，天狼星、猎户座、昴宿星团、天马座、仙女座、金牛座、新月，照耀每个村镇、果园、小船、湖水和树丛。它们各司其职，对人类生活的家园倾尽安慰和深情。

很难想象，如果大自然撤回它们对人的灵魂的建设和影响，撤回它们对人的精神的养育，人类会成为什么。泥土和大地始终是诞生生命和神话的来源，在古希腊人、希伯来人和中国人的造人神话中，人的生命都来自泥土。马雷被批评家誉为"丛林游吟诗人"，正是因为他对大地的返身探寻，对人类精神与大自然关系充满焦虑冥思。他曾告诉记者："我关注所有生活的细节。当我还是个孩子的时候，离我家北面200英里还有一种蓝色睡莲。我从悉尼回来的时候，它已经只生存在我们当地了。而现在，几乎已经撤退到南方，乃至更远。没有人注意到这些，除了我。"这一景象，和当代中国几乎同出一辙。诗人虽然无法改变大地上一切生物的命运，但却可以创造新的语言，来撬动这颗被人类的愚笨几乎要压垮的星球。诗人从岌岌可危的事物中汲取无尽的活力，延长它们的精神生命，拯救世界，因为在诗人鲜活的诗句中，"鸟儿还在自己名下的稻巢里／猎鹰还在自己名下的天空里"。

三

马雷的远祖在苏格兰，但他的近祖则在澳大利亚。正如他拒绝了苏格兰诗人朋友们劝说他回到英国的好意一样，他对自己脚下的大地抱有赤子般深深的感情。这片土地上曾生活着澳大利亚土著人，黑奴，瓦拉蒙加部落，阿伦塔部落，尼格利陀人，维达人，托达人，甚至还有中国的苗族人，当然后来又有了英国库克船长带来的英国探险者，殖民者，以及流放犯们的后裔。马雷，他的血缘祖先在这片土地上生活只有一百来年的时间：

> 斧落，回声，沉寂。正午的沉寂。
> 两英里外，便是二十世纪：
> 车子走在沥青路上，电线拱伏在农场上
> 我在这儿，手中的大斧砍入静止……
>
>
> 这里，我记得一百年来的一切：
> 烛焰，静夜，冰霜，牛铃
> 马车车轮的沉默，在我们耳中休止
> 红毛牛群第一次游散群峦……
> ——《正午伐木工》

南威尔士州的山区，以树林的芬芳、时空里一动不动的寂静让诗人从小就深深记住了它。在这个几乎与世隔绝的地方，诗人的前辈、当地土著人的祖先，他们是伐木工、奶牛工、驯马工，是农民和牧民，是和大自然共存的人们。宁静的山谷，嗡嗡的飞虫，正午阳光流淌过的树荫，远处的牛铃声，都显得那么久远辽阔。历史和记忆在这里聚集，大自然被完好地保存——"他们用自己的生命，积累成人类在沉寂中"。但诗人知道，两英里之外就是 20 世纪。那是一个迅速发展着的时代，滚滚向前的车轮，一路抛下了这片土地上过往的岁月和记忆。唯有叮当的伐木声，还在丈量着这里的寂静，丈量着时间指针的循环。

和所有经历过"现代化"的国家一样，远离土地的人们虽然享受着现代化带来的便利，但也丧失了很多珍贵的、几乎很少能失而复得的事物。大自然给予人类最初的宗教感，给予人类关于命运、生命的意义莫大的启示和安慰。祖先，这个概念意味着养育我们的一切——大地、树木、农作物、河流和山谷，都浸透和包含着祖先们的骨殖和血肉。也许，一棵棕榈树就是当年一个伐木工的脊柱，一枚野果，就是一个土著姑娘的红唇。死去的祖先们没有离开这片土地，他们化为泥土的肉体永远滋养着大地上的生灵，并活在现在和未来人们的身上：

祖辈，曾祖辈，永远在牧场，他们就住在那儿
在栅栏之地，在草底沟壑之地，在石块烟囱之地

这首杰出的《正午伐木工》，将过去、未来收纳进此时此地，一个伐木的中午，叮当的斧落声，随后到来的沉寂。祖先们的生活还在这寂静中持续着，能听得到他们的呼吸。这不是悉尼或者堪培拉喧闹的大街、银行，那里是寸草不生之地。这里是只有"斧落，回声，沉寂"的山间丛林。斧落，回声，沉寂，周而复始，一百年只是时间长河之一瞬，而诗人要在其中找到自己的祖先，伐木工、树皮工、栅栏工，找到未来子孙们

生活的时空，他不得不在广阔的"回声"中寻找，因为回声是成倍的时间，瞬间转移的巨大空间，在那里，诗人会与祖先相见，那是一个人渴望的族群归属感，也是他渴望逃离城市，在乡间重新寻回的"年月归属感"。而且，诗人意识到，"厨房里的女人在铁灶上舞锅举火／一年到头，给儿子哼古老的歌谣"。古老的歌谣里有祖先的声音，和山林祖母辈的果树一样，是祖先灵魂的转世形态。在埋葬祖先的土地上，蕨草及膝，它们不属于"都会的世纪"，而是属于无限的时间。诗人还想到，当祖先们被沉寂盖住棺木，连同他们的胡须和梦想，无论他们生前感到绝望还是对未来抱有信心和耐心，他们都携带着生命的密码，像岩石般层层叠加在人类的精神之中。诗人需要打破时间岩层的"缺口"，用创造继续前人对文化基石的垒砌，就像那些古老的歌谣——"人需要传说，不然便会在陌生中死去。"

祖先的庇护，原初宗教感的庇护，人的来历和源头，是一代代血液里传递的历史记忆，以确定人置身历史和时间长河中存在的位置和意义。当人们谈论未来的时候，诗人知道，"与未来无关"，因为丢失了"过去"的双手，连一棵欧蓍草也无法摇动。唯有记忆使人避开遗忘的深渊之时，人们才能回到时间中——当来到乡村度假的城里人在牧场或山野休息，祖先们也会在他们中坐下，"祖先喜欢开车，也喜欢在石头堆里生火"。一百年的苏格兰祖先不足以保佑马雷在南威尔士的故乡和牧场，因为在更遥远的过去，那里生活的是一群肤色更深的当地土著人。当诗人意识到自己的祖先是和土著人的祖先同享这片土地安宁的时候，他的祈祷便扩大到更辽阔的国土上的一切事物。

祖先观念意味着历史时间，意味着一个族群的文化记忆。对文化的割裂，就是对时间和历史的割裂。从人类历史上消失的民族，都是因为文化记忆的消失：他们的时间不见了。一切人为的灾难，都在造成不同的"遗民"——殖民地原住民、战争结束后的遗孤和废墟、丧失历史感的族群。

四

马雷曾说：所有的宗教都是一首漫长的诗，而一首短诗则是迅疾的宗教。

马雷的父母并非是虔敬的教徒，他曾说自己的父母讨厌天主教徒，而他自己却不。他清楚地看到了祖父和父亲彼此伤害而无法原谅，他不能确认哪一个人能做到善良和宽容，但在教会学校和女修道院中，他忽然感到了"这里是一个世界，你可以学会原谅别人，看上去就像一次美妙的解脱"。

马雷认为，数万年来，澳大利亚一直是盛产诗歌的国土，直到1788年殖民者来了之后，西方的散文才开始慢慢替代了诗歌。在古代的澳洲，民间的宗教活动包含着诗歌、祭奠、图腾崇拜和神话的传播。神话作为人类前宗教的想象力产物，反映着先民们的宇宙观，同时也蕴含着道德秩序。马雷告诉我们，一个澳大利亚土著人可以弹唱说："那座山是我的母亲。她和我的祖先在一起。一座山就是我们祖先的身体。我们活着的人也是她的身体，我的歌也是她的身体，一切仪式都是她的身体。"这就是土著人的律法。古人与大自然的关系，是种植、收获、馈赠、献祭，是坚信"四时有信"的时间轮回，是相信天地复活生命的力量。它催生了人类最初的宗教感。感知自然就是感知生死的可逆性，人的劳作始终和神圣性联系在一起。人类尽管并未因此摆脱苦难和必有一死的命运，但的确因此改变了对死亡的态度和对生命意义的认识。

在土著人的诗歌和神话里，没有自然和社会的区别，但白人统治的到来，打破了这一切。人类社会的政治活动，将自然与人类的行为秩序做了严格的区分，神话被实用主义所抛弃，不再影响和指导人的精神活动。宗教化后的教会，也部分地将神与人隔离开来——"任何神话都是在想象中并借助想象来征服自然力，支配自然力，造成自然力；因而自然力一旦在实际上被统治，神话就消失了。"（马克思）一种和宇宙相连的语言，随着人类神权政治的开始而逐渐消失。逐渐消失的还有人的宗教感和被大自然的德行所塑造的信仰，人们将目光从大地星辰，或神像祭坛收回，转而投向表格、数字、文件和印章，因为那是"权力自由"的象征，这就是当代的繁荣景象。然而，神从大地上撤离时，留下了诗：

> 一首诗，可比一场隆重的宗教仪式
> 也许像一个士兵短暂的新婚之夜
> 活与死均于此夜。但这只是小宗教
> 大宗教是一首伟大的诗，有爱的重现；
> 就像一首诗，必须完整，且取之不尽
> ——《诗与宗教》

马雷说的宗教是信仰，是人类的宗教感。唯当宗教和诗互为对方，唯当它们成为"轮替交换"的翅膀，人类的精神才会自由起飞。重建宗教感，是诗人的职责，它既是对人类威权的反抗，也是对拜物主义的反抗。诗人唯一能贡献的，就是新的语言。当代的语言形式大多是意识形态统治的工具，人们的日常用语、广告语、媒体语言，等等，无不服务于当下的消费社会。这种语言追求最大便利的交际化，它毫不留情地排除了和个人最细微的感觉与经验相关的语言方式，排除了个人话语中蕴含的感知力，只保留可直接交流的、没有任何秘密的那部分用于市场化社会的意识形态语言。马雷甚至看到了北京、上海这样的异国城市，同样在遭受着毒化。在《高楼》一诗中，他写到了北京的高楼和冷风机，写到了"第十层 / 都装上了防盗网"，而"在香港的每个海湾——/ 最近的说法是，只有 / 把天空消费掉，这几十亿人 / 才能放缓人口增长。"——

上海的阳台如叠手功夫
一个爱好十九层的人
在商品里充英雄
在欲望的高楼上失足
堕下在回家的高空走索上——
在所有独生子女上

在没有宗教和信仰的时代，何以托付人生存的孤苦？和所有有能力回到人类精神出发点的创造者一样，马雷再次发现了古典主义。每次复活的古典主义来自过去，但它指向未来。在有创造力的诗人那里，启动古典主义未穷尽的可能，并加以补充和修正，实是再造表现时代精神的有效尝试。马雷既是苏格兰后裔，但同时他也认为自己是真正的澳大利亚人，他身上同时活着一群人：古代土著、祖先、当代穷人，不管他是谁，是白人还是黑人、渔民、牧民、被剥夺者、孩子、妇女和老人。他从大自然、古典主义、宗教感、神话传统、祖先观念、经验感受等各个领域重新出发，在诗歌中重建对价值的信仰，因为"人无法祷告谎言"，"人无法诗写谎言"。因为给这片土地带来苦难的"帝国"正在"把我们塑造，把我们流放，让我们分裂／用皮鞭，用榴弹，教会很多人／好意地淫荡，混蛋地正经"，而"更多人不会读这首诗"，因为现有的"文学抛给他们既没有实体、更没有幻想的吊诡的话语，／嘲讽他们的爱是一种幻想"，所以诗人必须写出它。在他写给悲苦一生的父亲的悼亡诗《最后的 Hello》中，他令人心酸地和解了父亲和祖父的怨怼，并告诉父亲："我们仍然在借用你强大的想象力"，那是可以战胜死亡和遗忘的想象力——

> 今时今日，势利小人
> 会尽力让我们远离宗教。
> 去他妈的。我真希望你就是上帝。

马雷在《工具》一诗中写道，爱诗的人在地球上不超过一百万，比爱溜冰的人还少。但是，唯有诗歌这种语言形式是

"理性的反面，也是理性的秘密"，因为"诗之外的存在是无法抵达的虚无"。这令我想起勒内·夏尔对加缪的评说："加缪看到了一种道德，他接受了一种暗含的观点，诗歌可能是哲学的缩影，诗歌可能是一种真理。"显然，马雷和所有伟大的"受雇于记忆"的诗人一样，一直在努力弥合着澳大利亚殖民时期，以及现代化对这片土地的历史记忆造成的断裂，恢复和重建历史文化长河中记忆、神话和时间的联系。在这个意义上，他依然属于传统诗人，是那种最具原创力的诗人——在他的笔下，一切因悲伤于无言的人和事物，获得了一种可以被认知的清新的命名。它们并非完全来自一种纯粹的主观感受，而是诗人遵循一个民族共同认可的象征秩序，从现代化废墟中使澳大利亚古老的文化获得再生能力，最真实地揭示澳大利亚的性格以及它的民族文化特性。马雷用他自己的创作证实了诗人在这个时代，必要地恢复了古代连接神、天地与人世的"祭司"的身份，他歌咏，他写诗，他为语言工作，他帮助人们驱逐虚无、建立神圣的信心。他为大众写诗，但并不因此而迁就自己去使用过分通俗的语言。相反，他非常重视语言的技巧，力求明晰而简洁有力地表达复杂的主题。他曾面临过的精神困境、文化困境以及恶劣的社会自然环境，这也正是中国诗人们正在面临的问题，或许我们面临的问题要更多更复杂。因此，我相信阅读马雷的诗歌，对我们来说更具有某种特殊的意义。如果这篇推荐文章能为中国读者带来一点启示的话，那将是笔者莫大的收获。

2015 年 3 月

反讽之神的女发言人

一

我有三本辛波斯卡的诗集。一本是她获得诺奖后漓江出版社出版的《呼唤雪人》，一本是一位亲密好友送我的台湾版《辛波斯卡诗选(1)》，手头上的这本诗集就是从台湾引进的简体版《辛波斯卡诗选——万物静默如谜》。

不夸张地说，这本诗集中的大部分诗作，我都写有札记。我这么做的原因，一是为了疗治自己的失眠、长时间不与人交往的空茫，二是我以为应该认真琢磨一下玛丽亚·维斯拉瓦·安娜·辛波斯卡（Maria Wisława Anna Szymborska）——这位反讽之神的女发言人写下的诗篇，对一个在朋友眼中略显"严肃僵硬"的人来说，如果能够从中领略到些许一觉醒来发现自己既没有长出胡须，也没有在肩膀上多出一对笨拙的天使肉翅膀的幽默，便会对凌乱的书桌、洗衣盆里的袜子以及不是在监狱里起床而感到满意并开怀大笑。

很多男性都认为大多数女人没有幽默感。搞笑、找乐、寻开心、机智狡辩，等等，似乎是男人的专属品。并且，我看过一篇文章，说幽默的女人有多么可怕，并认为女人的幽默程度与她的女人味成反比，也就是说他无法忍受在智力上比自己更聪明的女人。这些谬论足以从反面证明，女性不仅不缺少幽默感，而且在智力上也并不比男人更低。1996年瑞典文学院宣布辛波斯卡为诺贝尔文学奖得主时的颁奖词中，第一句话便是："通过精确的嘲讽将生物法则和历史活动展示在人类现实的片段中。"在我看来，最有效的"嘲讽"无不披着幽默的大氅，魔术师般在人类种种荒谬可笑的地方以出人意料的方式揭示出事情的真相。我以为辛波斯卡不仅仅以她极其独特的幽默感和反讽增加了诗歌的表现力，同时也以平实、从容、朴素的语言，丰富并深拓了诗歌的表达方式。

我在一篇文章中曾写到过，幽默产生民主。幽默能解构貌似强大的威权，大部分拥有幽默性格的人都是在强权面前懂得如何反击和自我保护的人。同时，幽默也是以一种不以暴力的方式化解压力、反抗对人的控制、争取生存和表达空间的方式。波兰诗人米沃什在评价辛波斯卡时说："辛波斯卡提供了一个可供呼吸的空间。"这是基于波兰当时的社会政治环境而言——如米沃什所说的"波兰发生的事情，等于是一位欧洲诗人遭遇的20世纪的地狱，而且不是地狱的第一圈，它要深得多"。它所造成的"被禁锢的头脑""被管辖的舌头"使得大多数人要么保持沉默以苟活下去，要么燃起抗争的愤怒之火，不惜牺牲身家性命以争取人的自由和权利（米沃什自己的经历便是如此）。而在这两者之间，有一个缓冲地带，属于幽默的领地，它擅长调侃反讽，以意味深长的讥笑化解刀锋逼近的窒息，也能在道德严酷的拷问前提供让文学稍微喘口气的机会。因此，作为一种机智的写作方式，辛波斯卡在她的同胞诗人米沃什离乡背井、赫伯特（想想看，波兰为我们贡献了多少伟大的诗人！）被禁止出版作品的同时，能够避开文学审查制度的大剪、继续创作并在波兰发表作品不是没有道理的。

二

喜剧大师卓别林在谈论电影时说："我可以为了让自己看上去是一个正常的小小绅士而不顾一切，不管境况多么令人绝望。对此我充满自信，以至我会把影片里的其他角色拉下水。……用一次事件就能带来两次笑声。第一次是因为我自己的窘境，第二次，笑得比第一次厉害得多。"好吧，深谙此种反讽妙处的辛波斯卡，在诗歌里同样也能写出令人会心一笑、再笑，又令读者辛酸沉思的诗句——

> 这里躺着，像个逗点般，一个
> 旧派的人。她写过几首诗，
> 大地赐予她长眠，虽然她生前
> 不曾加入任何文学派系。
> 她的墓上除了这首小诗，牛蒡

和猫头鹰外，别无其他珍物。

路人啊，拿出你提包里的计算器，

思索一下辛波斯卡的命运。

在这首题为《墓志铭》的短诗中，辛波斯卡将自己一生的遭际隐藏在令人捧腹的自嘲和自谦中。这种"降低"身份的做法，不排除也是对某些人高高在上的优越感和膨胀自恋的讥讽。幽默大师们都懂得自嘲自贬的重要性，盖因占据一个道德高地以衡量他人既不是多么荣耀的事情，也妨碍其揭示出人性的弱点，即便你真的是一个高尚的人，这么做也有害无益。辛波斯卡在《布鲁格的两只猴子》一诗中，写到了严肃的人类学毕业考试，而窗台上坐着的两只猴子，一个"眼睛盯着我，讥讽地听着"，另一只打瞌睡的猴子，在"问题提出而我无言以对时，/ 他提示我，/用叮当作响的轻柔铁链声"。呵，人类学不是别的，正是这两只拴着锁链的猴子——他们懂得人类历史的一切秘密，那就是：尚未进化的动物性和锁链，才是人类的真实境况。

辛波斯卡是那种特别善于在日常生活细节中发现深意、并以其特有的幽默感举重若轻地表达洞见的诗人。众人司空见惯的博物馆里，她能发现帝王的头没了，留下的是皇冠；结婚戒指还在，但爱情却无影无踪。因为人类渴望的"永恒缺货"，因此这里堆满了没有生命的古董。自然，在《博物馆》一诗的结尾，她不忘拿自己调侃一把——"至于我，你瞧，还活着。/ 和我的衣服的竞赛正如火如荼地进行着。/……它多想在我离去之后继续存活！"看来，对永恒的梦想不仅仅为人类独有，世上各种物体似乎也想永存但却不得。或许，唯一能活得久远的不是盘子、王冠和博物馆，而是她笔下的这些诗行。

辛波斯卡的自嘲将自己置于一种有利的发言位置，放低身段带来的不仅仅是免除了对他人的苛责，也是一种"趴着看人生"的态度。诗人警惕于高高在上的姿态，警惕于获得尘世道德豁免权的优越感，她知道唯有像草芥和泥土般的存在，才能拥有真实的观察世界的目光，而最低处的尘埃里，恰恰是一个诗人最正当的位置。即使在她最脍炙人口、最感人的《在一颗小星星下》这首诗中，她也不忘展示作为一个正常人的享受在遇到他人的痛苦时所产生的愧疚感和自我嘲讽，只是这一切很好地隐藏在一种温和、悲悯的口吻中，既写出了作为人的局限，也写出了作为人的警醒和由己及人的善意。她在《家族照相簿》一诗中，依然拿自己家里的人开涮——整个家族里没有一个人为爱疯狂、为仇所杀，他们过着理智而又体面的生活，文质彬彬，与邻居和平相处；既没有偷情的事情发生，也没有意外降临，且全部平庸地死于流行性感冒。这似乎不是正常人的生活，试想还有比这更荒诞不经的人生吗？

三

在读辛波斯卡的诗集时我常常想，"自嘲"作为一个人的日常言行态度，是怎么形成的。若非出于某种深思熟虑的策略（可以肯定她不会这么做），那么一定是个人的天性气质和后天的遭际所造成的。

我曾在不同的书籍和文章里读到过辛波斯卡首本诗集在波兰出版时的情状。1948年，25岁的辛波斯卡第一本诗集正在编撰之时，正值由苏联支持的贝鲁特当选为总统，波兰开始实行斯大林模式的社会制度。意识形态对文学领域的要求和渗透，也影响了辛波斯卡的创作。她对自己的诗作就主题等方面进行了全面修改，一直到1952年才以《存活的理由》为题出版。不料想，波兰因照搬苏联模式导致的各种社会矛盾愈演愈烈，体制与民众的冲突日益增多，大批追求独立自由的作家、艺术家受到迫害和审查。想必辛波斯卡对此深有体会，因此，当1970年她出版自己的作品全集时，《存活的理由》中的诗歌被全部摈弃，一首都未收入。《万物静默如谜》的译者在译序中写道："辛波斯卡后来对这本以反西方思想，为和平奋斗，致力于社会主义建设为主题的处女诗集，显然有着无限的失望和憎厌。"尽管我们无法看到这本诗集里辛波斯卡到底写了什么，但是，她出版于1954年的第二本诗集《自问集》，还选有一首《入党》，不过彼时她已开始了对政治题材的远离。是不是可以这么猜测，这一段历史，也是促成她自我反省、勇于自嘲、善于在一切荒诞世事中继续写下去的一个原因呢？

英国历史学家勒基曾说："恶经常被证明能起到解放心灵的作用——这是历史上最令人羞耻、同时也是最没有疑问的事实之一。"辛波斯卡的经历，给她留下了什么样的创伤，以致她写下了"我相信不参与/我相信黄粱梦的破灭"？唯有在她的作品中才能找到答案。只是，她的"不参与"并不是放弃存在的在场，而是对于肮脏政治的另一种反抗和保持独立的思想——"采取字里行间写作的方式"，正如列奥·施特劳斯在《迫害与写作艺术》中所言："迫害产生出一种独特的写作技巧，从而产生出一种独特的著述类型，只要涉及至关重要的问题，真理就毫无例外地在字里行间呈现出来。"而写作，就是参与和行动。

四

自 20 世纪 50 年代后期始，尽管辛波斯卡在诗作中并不像一个愤怒的斗士般与专制制度短兵相接，但她已经将诗人的椅子从逼仄的政治话题中挪至更广阔的空间。她写下过婚姻中男女微妙的关系（《金婚纪念日》），写下过人的难以互相理解和隔膜，以致无法找到天堂般的幸福（《巴别塔》）等诸如此类普通人的日常生活的困境，也针对诗歌小众化、边缘化的境况做了幽默的描述，并表达了对缪斯的忠心耿耿（《诗歌朗诵》）。她对于创造的喜悦毫不掩饰——面对几乎虚幻的人生，什么才是真实的？"如果我愿意，可以分成许多微小的永恒，/ 布满暂停飞行的子弹""让我以符号的锁链捆住时间"。这是诗人创造的世界，一个想象力的世界。她关注人类历史，也关注发生在其他地区的重大事件——在《砍头》一诗中，两个王后都认为"真理与我同在"，都会读莎士比亚，但因为衣着的不同而遭遇不同的命运——"而细节 / 是永远不会改变的"。她写的《越南》一诗只有十行，前九行中，那位卷入战争的越南妇人对所有问题的回答都是"不知道"，唯能说"是的"，便是确认自己的孩子。我不知道是应该赞美母亲伟大的本能，还是要哀怜她的蒙昧。

可以说，辛波斯卡并非一个象牙塔中的诗人，尽管她一贯低调、谦逊，但她也不是一个明确的"政治诗人"。她的诗作语调从容、克制，往往从生活的细节、历史的细节入手，发现人类种种荒谬可笑之处，揭示日常状态下人们生活中所隐藏的问题，这问题当然也涵盖了人类的政治生活。尽管一些批评家和诗人对她一贯运用反讽和幽默的写法有批评意见——同是波兰杰出诗人的扎加耶夫斯基就曾说——"不止一个东欧诗人运用反讽作为对野蛮的绝望的抵抗——在这里是野蛮共产主义及其呆板乏味的官僚体系（这个时候过去了，——新的资本主义不是一个精明机智的反讽者吗？）"；尽管哲学家奥尔特加·伊·加塞特在他著名的《艺术的去人性化》中对于反讽这一现代主义观念亦有鞭辟入里的看法，但不可否认，尽管辛波斯卡没有像米沃什和赫伯特那样公开并鲜明地对前波兰专制体制进行反抗，但她的诗作里仍然可以看到她以自己的方式在建设着独立、人性化的思想体系。至于她应得的声望——无关她是否是诺贝尔文学奖得主（在当代诗坛，诗人赫伯特、扎加耶夫斯基比她的影响更大，也更令我心仪），而是因为作为一个诗人，她的嗓音极其独特——对于诗歌，这已经足够了。

2012 年

注：辛波斯卡在不同的译本中名字被译为希姆博尔斯卡、辛波丝卡、辛波斯卡等，本文统一用"辛波斯卡"。

庄重的抽噎：语言重建意义

生活的漫画化是消除尊严的手段，不仅如此，它顺带解构了一切严肃思索所必需的东西——庄重、苦难、哀泣和羞耻心。它是滑稽小丑的舞场，是那些对自身处境无能为力者杯中自嘲的泡沫，是掩藏在笑声中沮丧的叹息。思想和艺术的漫画性，是一切变态扭曲时代最显著的美学特征。然而，向猛兽做鬼脸却并不是人类面对伤害和压力唯一的回应方式，即使是阿多诺在提出对抒情诗的诘问之后——他不是也曾为没能和保罗·策兰会面而有多不安，甚至也修正过自己关于战后艺术的某些看法么？

坚持抒情诗的写作，说到底是从人的感受出发，抵达语言创造的真实。尽管在此过程中，人的情感方式、亲历体验，会分化为抽象的观念和理念，但抒情诗能够携带生活复杂感受、由此及彼以及从特殊到普遍的特性，通过语言将它们细节化和具体化，从而再次返回人的想象力和感受之中。没有哪个诗人愿意为苦难写诗，但这并不是拒绝诗歌的理由。在此，诗歌承担的是记录和见证的责任，为了那些人性中最微观风暴的呈现和意义的建设，《罗马尼亚当代抒情诗选》无疑是一个文本上的例证。

清算：从自身开始

就在诺曼·马内阿写出随笔《论小丑》的同时，他的罗马尼亚诗人同胞们在写着诗篇。这些不甘于接受低贱命运的诗人，在处理社会主义经验和个人生活经验的实践中，和许多东欧诗人一样，为我们做出了榜样。他们不再是那个登高一呼的领袖，不再是引领潮头的人，相反，他们走在沉默的人群中，分享这被迫的耻辱和痛苦，也共同分担沉默和对权力无奈的原罪。他们并未把自己视作无辜的人，从而拥有某种道德上的豁免权和优越感。不，对权力奴役带来的清算正应首先从自己开始，从日常生活和作为普通人的内心感受开始，那也是文明最基本的萌动。它要去除思想和文字的漫画性，在被野蛮暴力和意识形态清空的内心，重新以语言建立意义和信仰，重新"建设"人的诞生——

只用一击，
我就能将她杀死。
她朝我笑着，
微微笑着

......

当我凝视她时

只用一击，

我就能将她杀死。

——《害怕》

　　人的内心藏着多少猛兽般的野蛮，面对一个毫不设防的人，诗人意识到这恐怖明确的可能性冲动，而这正是一切想要毁灭他人生命、控制并支配他人命运的根源，它不在别处，就在你的内心。它是潜伏在每个人身上的毒素，它直接导致了冰冷的虚无，哪怕这虚无看上去多么理性和冷静——在《枪》这首诗中，斯特内斯库对枪这种物体的物理构造分析得无懈可击，合理而充满秩序，甚至结尾的"开火"也干脆利落，唯独不去问作为一件杀人武器为何存在，它要射死的对象是不是像自己一样的人。此种习以为常的思维习惯恰恰是虚无主义在日常生活中的呈现——人们更愿意看到结果而非原因，甚至连结果也不重要，只是被动地接受现实，无论这现实是多么荒诞。麻木已成了我们生活的常态，麻木的硬壳是我们抵御伤害的甲胄。不用费多少心思，我们便知道，这张硬壳下的生活已没有意义，生活和生命的意义早已被清空，它像吞噬一切的虚无——

一头动物走来

吞食岩石。

一只狂吠的狗走来

吞食石头。

某种虚无走来，

吞噬沙砾。

　　　　　——《充饥的石头》

　　在一个没有良知的体制里，我们都是被虚无吞食的石头，直至我们也变成虚无本身，再去伤害其他的生命。没有意义的生命就是走动的坟墓，除了带来死亡别无他物。而诗人则知道"最后我走来／为了吞噬这个回答"，这一息尚存的火星难道不是意义的火种？

　　在斯特内斯库最打动人的《特洛伊木马》这首诗里，他写下了一个人是如何惊心动魄地与自己内心战斗的经历。这是一首充满悖论的诗歌，人性中各种力量相持不下，对自我的否定和肯定达到了白热化的地步。自我的存在和自我不存在的相互侵占，自我之敌人和自我的肉搏，主体性的确立和对主体性的消解——这一切揭示出人是一个矛盾体的真实，这也是人性的胜利——没有什么比战胜自己更为光荣的事情，也没有什么比能够对自己清算反省的行为更让人尊敬。此外，斯特内斯库在诗的形式探索上也是罗马尼亚的领军人物，正如他对诗艺所表达的理想：

　　像婴儿的皮肤，像新砸开的石头

　　像来自死亡语言中的叫喊。

判决：没有无辜者

"诗意并非物品的属性，而是人们在特定的场合中观察事物时内心情感的流露。"马林·索雷斯库这段话可视作其写诗的原则。他正是从日常生活"特定的场合"捕捉观察自身和事物时闪电般的感受，并将此化为令人震惊的诗句，而这一切都是在专制统治、个人独裁背景下发生的——

> 每天晚上，
> 我都将邻居家的空椅
> 集中在一起，
> 为他们念诗。
> 倘若排列得当，
> 椅子对诗
> 会非常敏感。
>
> ——《奇想》

排列整齐的椅子所隐喻的这个国家集权下人们的生活，已经被所谓的集体主义意识渗透到了物体的秩序，可想而知这是一种多么可怕的控制力量，在此情形下，"绝对没有多余的激情"的"恰到好处的聚会"，只能是没有任何生命迹象的死亡的聚会，因而"不管怎样 / 这意味着 / 人人责任已尽，/ 可以继续 / 向前了"的结局，也意味着被恐惧清空的生活仍然在持续着麻木而可悲的惯性，它的目的只有一个——继续死亡。索雷斯库痛感这种生活的荒诞和虚无，人们生活在谎言和屈辱之中，戴着各种不同的面具，那也是死亡的面具。作为一个尚要保留做人尊严的人，他拒绝承认自己是面具、是尸体，拒绝这样懦弱地生活下去——

> 我曾在所有文明的废墟上，
>
> 在成堆的写字板
>
> 和瓷砖上号啕大哭，
>
> 那么此时此刻为何
>
> 不在自己面容的废墟上痛哭呢？

哭，是悲从中来无法抑制的流露，是活着的生命的证明，他并未丧失疼痛感，他并未麻木如石头。当四周的人们渐渐接受并顺从充满耻辱的生活时，诗人能够发出的只有痛哭和叫喊，这是没有指望的生活中唯一有意义的声音，是对被奴役并在卑贱中可悲死去的命运的抗争。

并不是说，一个诗人意识到对谎言的沉默、对独裁者歌功颂德、奴颜婢膝带来的屈辱就可以豁免自己在此过程中被动和无奈默许所产生的原罪感。在整个专制体制形成的土壤里，几乎没有无辜者。坚持真理意味着直接将胸口抵住枪口，保命的策略带来安全的同时也带来了羞耻和内心的分裂。对于诗人来说，判决迟早要到来，不会放过任何一个从犯——"电车上的每个乘客 / 都与坐在自己前面的那位 / 惊人地相似"，"每个人的颈项 / 都被后面那位所读的报纸 / 啃噬。/ 我觉得有张报纸 / 伸向

我的颈项 / 用边角切割着我的 / 静脉"。

　　不正常的社会败坏着每个人的生活，权力像细菌般毒害着人们，人们又互相毒害彼此，这是一个道德感彻底崩溃的社会的末日景象。人人都深陷自私的泥淖，追求个人利益的最大化，在这个恶性循环中，始作俑者不会想到，它所培养的除了懦夫流氓，还会有暴民恶棍，齐奥塞斯库被击毙的事件正说明了这一点。权力的罪恶链上，每个人都有可能是其中的一环，这是真正的文明对人的警示，是诗人提醒了我们这一点。

重建意义：重视微弱的力量

　　"人间的非正义一般造成的不是殉难者，而是一些几乎下地狱的人。"西蒙娜·薇依这句话说的是伤害使人失去品格的结果。由于伤害带来的痛苦，人本能地对强权或同流合污，或以各种方式进行回击，其行为难免与原来他所反对的人如出一辙。正如法国哲学家勒维纳斯所认为的"伦理是第一哲学"那样，"为他者"即是生命意义的基本元素，也是对威权的反抗，因此，从语言开始重建伦理的意义也是诗人的天职。

　　杨·米尔恰在《模具》一诗中对于诗歌超越生活这一模态给予了意味深长的肯定：当诗人写诗的时候，纸张下的另一个人写着同样的文章，而当诗人停笔，获得独立生命的诗篇依旧在不停息地写着，"用古希腊语，用印地语，用正方形的希伯来语"。这里，写作行为本身就具有了意义，那是对时间的脱离，是对人类精神进入永恒的建设。诗人米尔恰·迪内斯库则明白，

"他们打开了几座监狱／可无人从里面走出"，在地狱待久了的人成为地狱本身，因而"我的体内已没有生命"，能够拯救人的泪水也变成了"一把刀子"。

瓦西里·丹说"诗是持久的磨难"，尼塔基·斯特内斯库说"诗是哭泣的眼睛"，毋宁说是人在生活中受苦，是在克服主体性以便与他者的生命相融时所遭受痛苦挣扎的真实记录，是爱在完成的过程中历尽艰辛的见证。福音书有云："生命存在于语言之中"，语言是生命的居所，是一切隐秘事物的幽居地，也是爱和意义的诞生之处。诗人的作用在于激发出语言的某种独特的形式，使无语中的事物开始说话和表达自身，这即如对生命和爱的呼唤，以便和人内心对爱的渴望和牺牲付出的愿望相对称。在这两者交汇的雷电中，生命和诗互相被照亮，洞彻我们晦暗不明的存在。这一切有赖于精神敏锐的感知力，它只可能从人最柔软的内心里来，就像阿德里安·波乌内斯库的诗句那样——

　　　雨水在写作
　　　哀伤在阅读
　　　微弱力量的坚强习性
　　　便是趴在地上庄重地抽噎

　　　　　　　　　　　　　　　　　　　　　2012 年

时间的俘虏，永恒的人质

一

　　相对于俄罗斯白银时期其他的诗人，诸如曼德尔施塔姆、阿赫玛托娃、茨维塔耶娃、古米廖夫，以及赫列波涅科夫、马雅可夫斯基，甚至前期的勃洛克和安年斯基，鲍里斯·列昂尼多维奇·帕斯捷尔纳克（Boris Leonidovich Pasternak）的诗歌研究者比小说研究者或许更少一些。在 20 世纪 80 年代翻译成汉语的俄罗斯现代主义诗歌研究文集中，大多数论者基本也将注意力集中在上述几位诗人的文集上。俄罗斯教育学院院士、批评家弗·阿格诺索夫在他的《白银时代俄国文学》一书中，帕斯捷尔纳克只是作为研究其他诗人的旁注出现，甚至在此书的结束语中，为了表示遗珠之憾的歉意，作者也没有提到他的名字。国内所见某版本《俄国现代主义诗歌》《俄罗斯诗歌史》中，也不见其踪影。当然这不是说所有的研究者都会忽略帕斯捷尔纳克，但除了诗人读者和部分俄罗斯诗歌研究者外，大多数人还是更关注他获得诺贝尔文学奖以及给他带来更多光荣和灾难的长篇小说《日瓦戈医生》这本杰作——尽管，他和曼德尔施塔姆、阿赫玛托娃、茨维塔耶娃是公认的四位俄罗斯白银时期最伟大的诗人。

帕斯捷尔纳克诗歌最早被中文读者广泛关注，应该是1989年初出版的《跨世纪抒情——俄苏先锋派诗选》这本诗选集。在这本书里，他的诗被选入了21首，仅次于曼德尔施塔姆。1987年出版的汉译《日瓦戈医生》（此前一年苏联作家协会才为其平反）和同名电影在国内的流传，使得他为更多读者和观众知晓。毋庸讳言，那个特殊的年代，以及同为社会主义国家的历史背景，帕斯捷尔纳克的写作为中国诗人和知识分子带来了令人震撼的启示。此后20多年，又出版了多种帕斯捷尔纳克的汉译诗集，大部分作品选自他的《生活，我的姐妹》《第二次诞生》《在早班火车上》《雨霁》等诗集，直至前不久，上海译文出版社才出版了《帕斯捷尔纳克诗全集》（上、中、下）三卷，收入帕氏诗作499首，参与翻译的译者多达八位，是目前国内出版最为完整的帕斯捷尔纳克诗歌中译本。

二

没有人质疑帕斯捷尔纳克作为抒情诗人这一写作身份的定论。比他早十年出生的勃洛克对抒情诗人有过如下精彩绝妙的描述："抒情诗人是从你们划着十字绕行的那个可诅咒的巢穴走

出来的，他把自己无辜的芦笛贴着嘴唇，准备告诉你们不听为妙的声音，否则，一旦听得出了神以后，你们便会成为叫花子靠乞讨度日。"

然而，早期的帕斯捷尔纳克却一度有过放弃写抒情诗的想法。"一战"结束后，整个欧洲满目疮痍，1922年年底成立的苏维埃共和国在现实和制度等很多方面显露的问题，使这位年轻诗人陷入焦虑和惘然之中，尽管那时他已经写出了令很多人称赞不已的《越过壁垒》《生活，我的姐妹》这样有影响力的抒情诗集。1924年以后，急剧的社会变化也加剧着诗人的忧虑。就在那一年，帕斯捷尔纳克在给父母的信中写道："没有音乐，也不会再有了，或许还会有诗歌，但它也应该不会再有了，因为需要生存，可当代生活却无论如何也不需要它了……时代可顾不上那被称作'文学'的东西。"1926年，他在一份给报纸的调查答卷上也表示："旧的个性被摧毁了，新的个性还没有形成。没有共鸣，抒情诗就成了不可思议的东西。"大凡对社会学和美学的悖论有过激烈内心搏斗的诗人，在那样一个时代背景下，几乎都会产生和帕斯捷尔纳克同样焦虑的心情，这也是阿多诺对奥斯维辛后写诗不道德论断的一个出发点。然而，在这个关头，他的知心好友、女诗人茨维塔耶娃给予了帕斯捷尔纳克有力的支持："我真不理解你，你居然要抛弃诗歌。亲爱的朋友，面对诗歌就要像面对爱情那样，只要她还没有抛弃你……你依然是竖琴的奴隶啊。"

这位被帕斯捷尔纳克称为"热情似火的、地狱般可怕的"女诗人，成了帕氏《短篇集》和长诗《崇高的疾病》的催产士——

我感到羞愧，而且羞愧与日俱增

因为在这些陈迹的世纪

还把诗歌

称作一种崇高的疾病。

……

地球难以理解这种混乱，

以致要离开书籍

扑向长矛和刺刀。

良好的心愿铺就了地狱。

　　诗人的敏感使他在全民迎接"新生活"的欢呼声中早早预见了灾难即将来临。

三

　　1958 年帕斯捷尔纳克被授予当年的诺贝尔文学奖，三十多年间，帕斯捷尔纳克从未停止写作。他留下了长诗《一九○五年》《施密特中尉》《斯佩克托尔斯基》，留下了《在早班火车上》《雨霁》等大量诗作，以及《日瓦戈医生》等长篇和短篇小说。或许，作为一个人，他也有性格上的脆弱和犹疑，但他全部的勇气和担当都献给了诗歌，在他身上始终存在着一个不畏强权、自由独立的诗人：

仿佛他会像林妖一般

从逃亡苦役犯的休息地走出

......

天空和大地，森林和田野

都听到了这少有的声音

这些组合均匀的成分

疯狂、悲痛、磨难、幸运。

以及，

生命之书已写到终篇，

它比一切圣物都神圣，

......

世纪的进程像寓言

它会在行进中闪闪发光。

为了它可怖的壮丽

我甘愿在受折磨中死亡。

英国哲学家以赛亚·伯林曾于 1945 年到访苏联时拜望过帕斯捷尔纳克和阿赫玛托娃。他注意到当时文学界对帕斯捷尔纳克的偏见："多年来苏联批评家一直指责他太深奥、复杂、烦琐，远离当代苏联现实。我想他们指的是他的诗既没有宣传性，也没有粉饰性。但如果指的是他的创作只写个人的世界，只说私人的语言，或所谓闭门谢客，刻意与他生活的世界相隔绝，那这种指控是毫无根据的。"对于帕斯捷尔纳克来说，警惕来自任何一方的意识形态对文学的工具化，都是一个诗人必需的清醒，这或许是很多"政治正确"论家对他产生偏见的一个原因。1935年，他赴巴黎参加世界反法西斯大会时为文学辩解，他强调："我明白这是作家们组织起来反抗法西斯的大会。我只有一件事要对你们说：不要组织起来！组织是艺术的死亡。只有个人的独立才重要。在1789年、1848年和1917年，作家们没有组织起来支持或反对任何事。不要，我恳求你们，不要组织起来。"在当时的社会背景下说这段话是需用极大勇气的——他可以毫无愧色地面对来自自己所写下的文字的检验，尤其是作为一个抒情诗人，他既继承了自己自《生活——我的姐妹》中对大自然和爱的一贯忠诚及抒情风格，也直面苏联的社会现实，从个人真实的感受出发，将生活经验转变为美学经验：他的创作忠实于缪斯而非代表权威的宙斯，忠实于记忆女神而非黑暗的遗忘。"我可以像海涅一样说，'作为一个诗人我也许不值得被记住，但作为一个为自由而斗争的战士我将被记住'。"而伯林则充满敬意地说他是"俄罗斯文学史上所谓'白银时代'的最后一位也是其中最伟大的一位代表。在世界上任何地方都很难再想出一位在天赋、活力、无可动摇的正直品性、道德勇气和坚定不移方面可与之相比的人"。

《帕斯捷尔纳克诗全集》几乎详尽地标注了诗人创作每组诗歌的时间，这给研究者们提供了极大的方便。在读到这套书之前，笔者正在读译者之一、诗人李寒翻译的一些俄罗斯诗人的作品，并为这样更年轻的诗人加入翻译队伍深感欣喜。这套诗集译者众多，每位译者的翻译风格、文本呈现不可能有一个统一的水平，所以不免会为部分挑剔读者诟病，但我以为由于这套诗集几乎收入了帕氏全部的诗作，仍不失可珍藏及对照阅读的价值。而当夜深人静、翻开帕斯捷尔纳克的诗集，作为一个写诗多年的人，我依然会情不自禁被这样的诗句濡湿眼眶——

> 别睡，别睡，艺术家，
> 不要对睡梦屈服，
> 你是永恒的人质，
> 你是时间的俘虏。

2014 年

对偶然的忠诚成就命运

一

诺贝尔文学奖获得者、波兰女诗人辛波斯卡以低调著称，她拒绝了众多的采访，对家世和私人生活守口如瓶。米沃什曾说她诗中的"我"是一个"节制的我"，她的诗有一种"抽象的普遍性"。和美国"自白派"女诗人普拉斯不同，和激烈的茨维塔耶娃也不同，在她的《万物静默如谜》一书中，大多数诗歌理性克制，充满意象隐喻，自我的目光和思索隐退到她笔下的各种事物之中。如果把这些归结于当时东欧普遍存在的审查制度也未尝不可。但真如读者们普遍认为的那样么？

圣琼·佩斯有言："人们说我晦涩，我却在光辉之中。"诗人们对当代诗歌形式的探索早已远远走在大众读者的阅读准备之前了。法国诗人勒内·夏尔如是，德语诗人保罗·策兰亦如是。相比较而言，辛波斯卡更为晓畅一些。读懂"晦涩"的诗，既需要很多的阅读训练，也需要亲历和经验，更需要想象力的参与。没有哪个诗人能在文字中把自己彻底屏蔽——或者说，一个诗人无法做到在诗句中完全掩藏自己。言为心声，诗歌宛如一面镜子，可照见诗人生活和感受中最为隐秘的情感波动，尽管在某些时刻，诗人也在想象中生活，并对此进行比现实更为真实的描述。

拿到辛波斯卡的诗集《我曾这样寂寞地生活》时，一瞬间还以为这是她《万物静默如谜》的另一个版本：风格相同的封面设计，腰封上一模一样的推荐语。只是封面上一个小小的"2"字提醒我：这是同一出版社出版的她的第二册汉语译诗集。这本诗集与第一本最大的不同在于，这是一本更多地书写个人情感的诗集，她的许多脍炙人口的"社会性"作品，大多收录在《万物静默如谜》中了，但我对后一本更感兴趣，盖因它更多地触及女诗人不愿意昭示于人的感情生活——那些褶皱、沟坎，那些隐秘的、存在过和不曾存在的但的确发生了的诗人的生活。

——为什么这么说呢？在《火车站》一诗中，辛波斯卡描写了一次情人的约会：在 N 城火车站，一列刚抵达的火车停靠在第三站台，一个手提箱被拿走了，"但那不是我的"，"几个女人占据了我的位置"，而一个男人朝人群中的一个女人奔去，他们拥抱、接吻，但"并不以我们的嘴唇"。这场约会"超出了我们存在所触及的范围。发生于或者存在的失乐园中"。

由于"我"的缺席，而"你"也未来，但是诗中的"他们"去了，相会，紧紧拥抱在一起，确认彼此的存在，就在 N 城熙熙攘攘的生活中。这次不存在的约会，在诗人的诗中发生了，或者说，这是一次没有被允许的相约，但诗人在文字里让它实现。她像美国诗人狄金森那样有力地扭转了可见的现实，在诗歌中建立一个新的时空，以盛放现实中不被容纳的情感——它诞生，存在，继续生活，一直到我们读到这首诗的时候，一直延续到我们之后的时间。这种对现实"扭断脖子"的力量，在少数几个拥有强大想象力和表达力的女诗人那里并不鲜见，譬如萨福，譬如狄金森、米斯特拉尔，又譬如冒烟的茨维塔耶娃和静静燃烧的索德格朗。

二

人们从对辛波斯卡一般性的介绍中可知，她有过两次婚姻，终生未育。她的第一段婚姻并不圆满，只维持了六年时间。她和第二任丈夫、作家科内尔内·费利波维奇情投意合，心心相印。尽管读者几乎没见到过有关第一段婚姻破裂的原因的文字记述，但未必不能从她的诗歌中看出某些端倪。譬如在《我太近了》这首诗中，她描写了一个在婚姻中被丈夫漠视的妻子的形象：即使她躺在他的怀中，也"不会被梦见"，而一个只和他见过一面的女引座员，也比那位妻子更为亲近。事情就这样发生——"由于她，此刻，一道峡谷在他体内生长"，婚姻的裂缝不可避免地出现。诗中的"我"抱怨着自己曾是一株桦树，一只蜥蜴，却唯独没有作为一个女人被丈夫看见。这一遭受漠视的抱怨，在《醉酒》一诗中延续着：椅子、酒杯，都在跟前，唯有"我"是虚构的，是不存在的。"我"甚至认为连出自亚当肋骨的夏娃、诞生在泡沫中的维纳斯和从朱庇特大脑里生下的密涅瓦都比自己更真实——

> 当他不看我
> 我努力追寻我在墙上的
> 幻觉。我看到一枚钉子
> 一幅画挂着，一如既往。

　　看，就是给被看之人一个容身之地。不看一个人，就是否认他的存在。人间许多不幸的婚姻，由于各种各样的原因，都有这样的情形发生。继而，在辛波斯卡《笑声》一诗中，"我"的抱怨开始升级："我"对那个年轻女子从一开始的容忍（"我"将给她更多：去看一场演出。/ 走开，此刻，我正忙）——为了使身边的这个男人继续拥抱"我"；到最后的忍无可忍——"你从哪儿来，最好回到哪里去"；以及近乎诅咒的"不要一直注视我，/ 你的眼睛睁得太大 / 宛如死者的双目"。

　　有意思的是，这类充满嫉妒和怨恨的诗，阿赫玛托娃和茨维塔耶娃都写过，一点也不亚于辛波斯卡。作为一个遭受痛苦的女人，有权力发出愤怒的叫喊，而此后遇到真爱的女人们，或许要感谢此前的经历，若非如此，又怎能知道世间终究会有一个最适合她的爱人在等待着她呢？

　　辛波斯卡广为流传的《一见钟情》就是写给她第二任丈夫科内尔内的一首情诗。一个偶然时机的相遇，改变了他们一生的命运，看似偶然，却是一系列必然所造成：一个门把手，先前一个人的痕迹被另一个人覆盖；一个晚上，或许他们做着相同的梦——"他们如此惊异，多年来 / 机遇一直 / 摆弄着他们。…… / 每一个机遇 / 仅仅是续篇，/ 事件之书 / 总是从中途开始。"

如何不感激世界万物在为这样一次相遇所做的千百年的准备？当他们携带着各自的过往认出对方熟悉的脸孔，他们便知道，相遇早已开始，从一阵风中，一道波浪上。一个人与世界发生的联系有多么广阔，她与爱人的联系就有多么广阔，换言之，一个人参与到事物之中的感受能力有多么丰富，她拥有所爱之人内心和生命的部分就有多么完满。

无可否认，一见钟情，有着它合乎情理的一面，那就是我们爱这个人身上让我们喜爱的东西，这是一场感情发生的启动力。但如何维持此后连绵而来的日常生活中的关系，却是真正的考验。它要求一见钟情从私我的势利中走出来，变为信仰，变为对自己的要求，变成对"信"的忠诚。译者胡桑博士在论述辛波斯卡因发表处女作诗歌的偶然因素，成就了她作为一个诗人的一生时说："对偶然的忠诚才能成就命运，这也是辛波斯卡在诗中一再表现的主题。"自然，人们可以选择某个值得我们去爱的人忠贞地相守到死，但有时却可悲地不能选择自己出生的时代和地域。

三

我曾在《反讽之神的女发言人》一文中，对辛波斯卡大量涉及历史和社会题材的诗做过评述。在这本《我曾这样寂寞生活》中，这一类的诗歌仍然占据了三分之一。东欧的社会主义经验，被波兰诗人诸如米沃什、赫伯特、辛波斯卡等诗人得以见证和书写。从没有哪个人能生活在纯粹的真空里，对政治的漠视，也是对政治的一种反抗。由于身处斯大林主义盛行的严酷时代，"我们国家的诗人，都戴着手套写诗"，由于不能选择生活的国度，所有人都被卷入意识形态的控制之下。

> 我们都是时代之子，
>
> 这是一个政治的时代
>
> ……
>
> 甚至，漫步林中
>
> 你也是在政治的地面
>
> 迈着政治的步子——
>
> ——《时代之子》

在诗人笔下，连月亮也不再是纯粹的月亮（多么相似，我们也有过"外国的月亮比中国的圆"这种意识形态化的说法），而圆桌和方桌、蛋白质和原油，都被深深地打上了政治的烙印。在《自杀者的房间》里，逝者生前的屋子里即使有基督和佛陀的塑像，即使有唱片、小号，以及在荷马的书卷里开始返回故乡的奥德修斯，也没能挽回一个生命走向死亡。辛波斯卡借助历史真实事件，影射着彼时的波兰令人压抑的气氛。《卡珊德拉》一诗，就是对预言者在疯狂的世界必遭失败的命运、但却最终胜利的描述。而写"二战"时波兰南部的《雅沃斯附近的饥饿营》，写死于1944年华沙起义的年轻诗人巴琴斯基的《盛大的白昼》，以及用死人的头发织地毯的《无辜》等诗，都无比沉重地还原着历史的真相，这些诗中，讥讽的成分减少了，而在她的爱情诗里更是踪影皆无——谁能边哭泣边做鬼脸呢？

　　辛波斯卡像很多欧洲诗人一样，从古希腊罗马神话和《圣经》里挖掘出许多的精神素材。《特洛伊城的片刻》《亚特兰蒂斯》《罗德之妻》《拉撒路去散步》等诗篇，无一例外都在折射着诗人所处的当下现实境遇，尤其是《罗德之妻》这首诗，将对"偷偷逃走"的罗德一家人的愧疚之情、对即将被上帝毁灭的索多玛全城百姓和一切生命的怜悯，都进行了令人震撼的抒写。她对数字精确的使用，在诗集里也比比皆是：二乘二、下午五点钟、三把椅子、七头大象等，在《π》这首诗里更是登峰造极：3.1415926……这一系列圆周率的数字排列，被诗人安排在墙壁、树叶、鸟巢之中，乃至升上天空，穿越云层，直至无穷。她的《在赫拉克利特的河中》，对赫拉克利特"一个人无法两次走进同一条河流"的名言，做出了满含社会学意味的反映——河里的鱼儿与人类社会一样，到处充满了吞噬、贪婪、霸权，但依然也会有爱，而诗人则是那条最独特的鱼儿，在书写另外一条或者两条微小的鱼儿。

　　《赞美诗》这首诗，我看做是诗人对于国家、民族、宗教等一切既能聚集人们同时又将他们隔离开来的可怕的抽象之物的看法。在这首诗中，一切国界和边界都已消失——来去自由的鸟儿、云朵、昆虫、被风刮走的树叶、电波和雾，都在嘲笑着只有人类才会有的画地为牢的愚蠢。对这些事物的赞美，就是对独裁、狭隘的和极端的意识形态的反抗。辛波斯卡以她独特的表达，实践着"我致力于创造一个世界"的信念，也始终不渝地保持了对"偶然"使她成为一个诗人这一命运的忠诚。她是如此渴望在这个每天有人死去、有人诞生的世界里——

> 剩下的唯有巴赫的赋格，在锯琴上
> 被弹奏，
> 为那一时刻。

2014 年 3 月 7 日

"打通铜墙铁壁的希望"

　　在拿到《当代俄罗斯诗选》这本书的三个月前，我有幸得到诗人和画家严力先生馈赠的他的诗画集。我发现，在严力创作的多幅油画中都出现过墙壁和红灯的主题。作为一种隐喻，墙壁和红灯所蕴含的隔绝、冷漠、禁忌、暴力、孤独等情状，弥漫于我们当下生存的每一口呼吸之间，甚至，连一向象征梦想与和平的气球也被沉重的砖块占领。

　　诗人不仅表现了各种意识形态对人的禁锢，还表现了金钱携带着"合理化"的身份，早已在人们身旁筑起了高大的"城墙"这一事实。在这堵"城墙"内，是受到交换世界保护的交换原则，即一切都可以通过利益进行交换，包括用以维护这一原则的可直接交流的公众语言。以往，在"城墙"以内，类似媒体的话语大受欢迎，而属于个人化的修辞只能被拒之门外，但就目前来看，事实远非如此。批评家耿占春先生指出，在这个货币经济时代，具有直接的可交流性的语言、大众交际语言就是这个市场化时代的意识形态。大众生活于其中的这种"合理化"和"秩序化"的可怕之处在于，它试图将它的"天敌"——各种艺术形式，包括作为一种能够保有个人修辞学和个人经验的古老语言方式——诗歌，纳入它概念化、分类化的巨大系统之中。在这样的概念化、分类化中，诗歌所携带的各种复杂的人类最细微的感觉和经验都将被剔除殆尽，诗歌的特殊形式本身所庇护的秘密知识和情感也将被粗暴地摈弃，代之以可以迅速进入消费领域的"通俗话语"和"通俗诗歌"，犹如粗制滥造的凡·高的赝品《向日葵》被成批生产，价格低廉地出售，挂在宾馆、酒店以及卡拉 OK 包房那仿佛经济胜利纪念碑般厚厚的墙壁上。

对此，古老的诗歌和写诗的人，还能做什么？

在一辆通往郊外的拥挤的公共汽车里，一个头发花白的老人挤在去郊游的人群中。他既不是为了去黑色的松林闻松树的清香，也不是去采撷开花的薄荷，更不是像今天的"白领"那样去享受一下所谓的"浪漫"假日。正如他自己所说，他的愿望有点古怪——忍受着车厢里的颠簸和拥挤，仅仅是为了一个人去倾听空旷林中啄木鸟敲击树干的声音：

> 在这单调的声响中是什么把我吸引？
> 他不招呼别人相助，不请求人来倒班。
> 在勤恳、庄重、持久的敲击声中，
> 我感到一个讨厌的单干者，有打通那堵铜墙铁壁的希望。

这个惹人"厌烦"的执拗的单干者，不正是诗人自己的写照吗？

生于1937年的俄罗斯诗人叶甫盖尼·卡拉晓夫，在他将近七十年的生涯中有二十余年是在监狱里度过的。由于战争，幼年的他成了孤儿，后来又因为各种原因被判过七次刑。生活本身和牢狱岁月在他心灵深处留下了难以愈合的创伤，但是，这样的经历又使他发现，"与极度危险的累犯相比"，诗人、作家和他们同样"都熟知与生命相关的一切"。他们不但知道对在监狱内听到墙外电车轰鸣的耳朵来说，幸福就意味着"昂贵无比"的三个戈比一张的车票，同时也知道枪口到自由的真实距离。有意思的是，即便是一个胆大妄为，常年和法庭打交道，在劳改营里和小偷、吸毒者、死刑犯们比肩抵足而睡的家伙，只要有幸和诗歌发生关系，他就会在某些时刻令人难以想象地突然感到胆怯和害羞：

> 现在，像最后的公子哥儿，撕碎手中的
> 诗歌笔记本，我羞怯，犹豫不决地
> 站在《新世界》编辑部的门口。

这里，使他像孩子般羞怯的不是别的，正是诗歌和诗歌对诗人的要求，是诗人面对内心情感秘密时的不安和羞赧，是诗人自己所知道的——"永不服输的良心的证明"。这柔软的"羞怯"，更是诗歌的声音在人世生活的回响，是诗歌在碰撞野蛮之墙和现实黑暗时所迸发的人性光芒。

《当代俄罗斯诗选》中所选的诗人，出生于 20 世纪二三十年代的就有十几位。他们都经历了战争为俄罗斯带来的灾难，也是那个野蛮残酷岁月的见证人。但是，与一般的报刊史料对战争的记载不同，他们每个人的笔下，记录的都是与自己血肉相关的、更为真实可感的时刻。中国读者熟悉的诗人叶甫图申科在《三个身影》一诗中，把一个士兵和妻儿在月台上生离死别的一幕忠实地留在了字里行间：

> 妇女们在心里始终做好准备，
> 默默准备由妻子变为孀居。
> ……
> 三个身影——就是我家庭的全部。
> 纪念碑——一堆垃圾，如同烟蒂。
> 留下什么？只是三个身影而已——
> 我的濒临死亡的亲爱乡土。

叶甫图申科对具有象征性的符号——"纪念碑"有一种特别的关注，他多次在诗中写道，"我并不喜欢要为我建的纪念碑"。与许多人只看到鲜花不同，诗人的目光绝不会绕开遍野陈尸、伤痕血迹、寡妇的号哭和孤儿的眼泪。即便战争结束，人们都沉浸在对"光明时代"即将来临的憧憬中，诗人依然有着久久难以消弭的悲恸。女诗人里玛·卡扎科娃清晰地记着，战争结束了，父亲回来了，但他仅仅是顺路回家看孩子们一眼，"把吃的穿的破烂东西往皮箱里一装"，"他回到了战壕中那位相爱的女人家里／而不是我们身旁"。战争的胜利对一个孩子意味着父亲还活着，但他们依然失去了他：

> 母亲含着泪，悄悄地絮语：
> "孩子们啊，孩子们……"
> 便无力地瘫倒在床上。

这种纯粹属于私人经验的事件，与集体记忆中的战后景象迥然不同。这些诗句中包含的个人思想和体验，它坚定地维护着通过其私人性的、瞬间的感受在诗歌语言中的转化所保存下来的意义，也坚定地通过诗歌"抵抗着生命与思想的非过程化和虚无化"，正如诗人安德烈·沃兹涅先斯基所说：

> 庸俗的争辩会上我绝不会提你，
> 答问中也如此。
> 所有人都可以出卖。只有你的名字
> 我永不会诋毁。

亚历山大·库什涅尔在《我不得不对历史做很坏的评价》一诗中指出，任何笼罩着形象的光芒如果不是来自星空而是电灯，那就是虚假的。甚至，诗人在罗列了一系列他不喜欢的法国人、阿拉伯人、犹太人、英国人、德国人等众多国家或民族的人以后，也毫不客气地说厌恶俄罗斯人的罪孽深重、下流和暴饮。他从人类整体命运的角度否定了带来灾难的民族主义，并借用费特的话阐明自己的观点——当被人问到他想要留在哪个民族中间，费特回答：一个也不。他爱的是大自然。

在诗人叶甫盖尼·莱英那里，祖国就是他的夏天、他的浓密的落叶，也是他的"良心"，祖国是和自身血肉相关的存在。对诗人来说，逃离和背叛祖国意味着——"全都完了：果实和故事。"即便到了新世纪，诗人仍十分警惕有的人对"祖国"一词的利用，他明白：

> 毕竟血液比石油和权力
> 要强劲得多。
> ……
> 国家啊，我可不是你的反对者，
> 我只不过是生活。

莱英比诗人布罗茨基年长五岁，后者曾表示过莱英对其创作产生过影响。他们两人与阿纳托利·纳伊曼、博贝舍夫在 20 世纪 60 年代同属一个地下诗歌小组，也是与阿赫玛托娃联系最为密切的青年诗人。由于这个原因，阿赫玛托娃去世后，人们把他们四人称作是"阿赫玛托娃的遗孤"。纳伊曼在他的诗中充满深情地怀念了他的前辈诗人勃洛克、阿赫玛托娃、古米廖夫以及茨维塔耶娃。从他的诗歌中可以看出，诗人们对于俄罗斯知识分子优秀精神品格的代代相承，已经成了一个源远流长的传统。虽然星移斗转，时间进入了 21 世纪，但是俄罗斯更年轻的诗人们依旧还在沿着这一传统前行，毫不动摇地坚守着对诗

歌的忠诚：

> 任何的爱都会得到荣誉，
>
> 在数字、符号或名字、标记里。

　　无论是出生于 20 世纪 50 年代的斯韦特兰娜·克科娃，还是出生于 20 世纪 70 年代的安德烈·罗季奥诺夫，中国读者都将会在这些陌生的年轻诗人的作品中感受到那曾经深深感动过我们的、具有俄罗斯特点的艺术魅力。《当代俄罗斯诗选》中，20 世纪 50 年代出生的诗人有 11 位，20 世纪 60 年代后出生的诗人有 8 位，许多诗人都是第一次被译介到中国。被誉为"概念诗"的代表德米特里·普里果夫、"图书馆卡片诗"之《纯抒情诗》的作者列夫·鲁宾斯坦因、"目视诗"与"音响诗"理论家谢尔盖·比留科夫、"介隐喻者"流派创始人阿列克谢·巴尔希科夫等诗人，都有形式各异的作品被选入诗集。我尤为关注苏联解体后女性诗人的创作，在叶莲娜·伊萨耶娃的诗中，我听到了有别于以往对但丁和贝雅特里齐赞不绝口的声音，因为她提到了但丁的妻子——盖玛，提到了诗人的妻子们独自忍受的痛苦和不公的对待，提到了她们为诗人日常琐碎生活所做的一切——当诗人在为心中的"女神"伏案苦吟时，正是他们的妻子站在身后端水倒茶、收拾稿纸书卷。因而，伊萨耶娃不无讽刺地写道：

> 放弃吧，诗人们的女郎，

他们的妻子将使你们万古流芳。

这种声音虽然有点刺耳，但也不失公允。或许，我更喜欢
年近八十岁的女诗人茵娜·利斯尼扬斯卡娅那充满深情、睿智
而仁慈的诗句：

> 所罗门，我年迈的国王，我是你的苏拉米菲
> ……
> 我的两条腿，早已丧失了藤蔓般的韧力，
> 我的乳房像老芭蕉上挂着的干瘪果粒
> ……
> 我不会靠近你。
> ……
> 我陶醉于歌曲不亚于紧绷的肉体，
> 正是由于雅歌而产生了爱欲。

女诗人深谙真正的爱与青春性欲的冲动、艺术、诗歌及情
感的关系，因此，她才会温柔忧伤地说："我离开你，我用自己
爱的全部 / 不断为你祝福"。在我看来，这种带有个人心灵强烈
痕迹的诗句，恰恰也是对当代"交换原则"的轻蔑，是促使人
们对爱及对复杂人性达成理解的一次个人化的表达。

长期以来，俄罗斯诗歌对中国诗歌有着深远的影响。自普
希金始，直到白银时期众多璀璨的诗歌星辰，都曾以他们独特
的光芒烛照过中国读者的心灵。20 世纪 80 年代初至今，众多

俄罗斯文学研究者、翻译家为我们译介过大量优秀的诗歌作品。其中，尤以勃洛克、茨维塔耶娃、阿赫玛托娃、帕斯捷尔纳克、曼德尔施塔姆等诗人为代表的"白银时期"诗人的作品，更是对当代汉语诗歌创作产生过不可忽略的影响。就对于诗歌的理解这一角度来说，这些诗人对苦难的自觉担当，对祖国和大地深沉的感情，在极其野蛮的现实中对人性向善的不懈追求，已经成为新一代俄罗斯诗人写作的标准。这种影响在今天和未来相当长的时期内，势必还会延伸下去，继续着诗人们前赴后继撞向"人的异化"这堵"铜墙铁壁"的努力，我手中打开的这部《当代俄罗斯诗选》就是一个很好的证明。

2006 年岁末

走在你身边的第三个人

一

1922年，托马斯·斯特恩斯·艾略特（Thomas Stearns Eliot）曾写过这样一组诗，题目叫《他用多种声音朗诵刑事案件》，仅看题目便足够吸引人。他把完稿的诗作送给诗人庞德看。很快，庞德回了信，他的信中有这样一句话："恭喜你，小子，我简直嫉妒得要死。"

这组诗就是为艾略特赢来了国际性的声誉、后来改名为《荒原》的大型组诗。尽管一开始艾略特并不喜欢庞德的诗歌，但为人毫无私心、豪气仗义的庞德并不因此忽略艾略特的创作。这位被誉为"20世纪文学保姆"的美国诗人，不仅帮助过艾略特，还慷慨地帮助过诸如弗罗斯特、海明威、乔伊斯等人，而这些人日后个个都成了大名鼎鼎的人物。艾略特在哈佛读大学四年级的时候，开始写《J. 阿尔弗雷德·普鲁弗洛克的情歌》，第二年到欧洲后才完成整首诗。这是以戏剧化手法表现一位名叫普鲁弗洛克的虚构人物内心独白的作品。但显然它并未引起人们的注意，甚至有出版商对推荐这部诗稿出版的人说："不不，这绝对是疯了。"

初出茅庐的诗人意识到在当时根本不可能出版自己的诗集，于是束之高阁，直到三年后遇到了庞德，后者立刻辨认出这部诗作的重要价值，毫不犹豫地推荐给了芝加哥很有影响的杂志《诗刊》，并在圈子里到处向人推荐这位长相英俊的年轻诗人。几年后，艾略特写出了《荒原》，庞德在大加赞赏之余，更是亲自动手，大刀阔斧地对它进行删改，使其主体更加突出，有评者认为，这组诗歌的巨大成功，与庞德的功劳无法分开，庞德的删改"赋予了原文原来不具备的结构"，所以才有了艾略特把这首诗题赠给庞德这位"最卓越的匠人"的举动。

有关艾略特的生平，网络和各种研究资料皆已备述。我最早接触他的诗歌，应是在大学期间。买到他的诗集是在1986年，由裘小龙翻译的《荒原》，更多的阅读则来自各种刊物。坦率地说，至少在当时，这本诗集对我产生了些许的影响，我所关注的一些句子："世界是这样毁灭的 / 不是轰隆一响 / 而是唏嘘一声"；"人类不能忍受太多真实。/ 时间过去和时间将来 / 那本会发生的和已经发生的 / 指向一个终点，终结永远是现在"。即便到了今天，这些诗句我依然能够脱口背出。

二

对艾略特真正发生兴趣，是近十多年间的事情。由于自己的创作实践，不得不考虑诗歌语言的创新问题。对于传统、对于文化，包括当下各种诗歌主张的关注，使得每一个诗人都会在前人的诗歌和著述中通过阅读获得一些启发。艾略特自己也是如此。从严格意义上说，他是一位重视传统的诗人，在读硕士期间，哲学家乔治·桑塔耶拿和欧文·巴比特（亦有译作白璧德）都对他产生过重要影响。巴比特对浪漫主义滥情的厌倦，对极端个人化的反对，使得艾略特对浪漫主义业已开始类型化的创作充满了警惕。1908 年，艾略特读到了亚瑟·西蒙斯的《文学中的象征主义运动》一书，从此他迷上了法国象征主义诗人拉福格。拉福格的"抛弃一切诗歌的旧的韵律、修辞和刻板"，"运用冷漠、蔑视"等主张，使艾略特意识到他"为一名意识到自己渴望追求新艺术风格的年轻人指明了道路"，这一影响的直接后果就是艾略特创作出了《普鲁弗洛克及其他所见》。批评家安德鲁·杜波伊斯和弗兰克·兰特夏里指出，艾略特的第一部诗集的标题，"是拉福格式的对传统抒情式虔诚的贬低；这一标题的含义是说，冷静、客观以及分析的精准，而不是通过通俗诗歌矫情的无病呻吟，将成为新诗歌的标准，那是休谟和庞德将在伦敦推出的新式诗歌。这种诗歌的语调和结构都将暗自以对其将取而代之的抒情诗进行批判为己任"。"'现代'诗将是记录下来的所见所闻，而不是情感的抒发。"由此开始，艾略特走上了一条开辟"新的知识分子诗歌"的道路。他一贯秉持反浪漫主义态度，对当时抒情诗句式进行改革，他自己在《荒原》中主张——"既不学究气、又不庸俗"。不过，如果我们理解的"学究气"指的是博学多闻，他的诗歌中依然还是有不少。艾略特的博士论文是关于布拉德莱的哲学思想研究，他本人还学习印度哲学和梵文，懂多种语言。1974 年第 15 版的《大不列颠百科全书》中称他是"当代最博学的英语诗人"，这一切不可能不在他的诗歌中留下痕迹。诸如《普鲁弗洛克的情歌》中写到了但丁和鬼魂的对话，写到了米开朗琪罗；《荒原》则明显受到了著名的人类学著作《金枝》和《从祭仪到神话》的影响，里面不但有《圣经》的典故，也有佛教中《火诫》的全文引用；既有古罗马诗人奥维德的诗句，也有 16 世纪英国诗人斯宾塞的叠句。受拉福格"强烈地意识到日常生活"的影响，艾略特的诗中也经常出现出人意料的细节观察。诗人、翻译家张曙光先生就指出，艾略特在诗句中对女性胳膊的描写——"戴着手镯的胳膊，白皙而赤裸 /（而在灯光下，有着浅褐色的汗毛！）"——这同浪漫主义诗人对女人的描写显然大相径庭。除此之外，艾略特在《荒原》中大量运用典故、诗句，引用神话，几乎组成了一个时代万花筒般的镜像。批评家安德鲁·杜波伊斯和弗兰克·兰特夏里总结艾略特《荒原》中的思想主题主要体现在诗歌的完整性，培养文学传统意识的必要性，一以贯之的感性价值及其恢复这种感性价值的必要性、转成一种文学形式的价值，等等，其中还有一点，那就是对戏剧形式表达社会多样性的称颂。

三

说到艾略特的戏剧才华，不得不说好莱坞将他的《老负鼠的群猫英雄谱》改编为音乐剧《猫》。此音乐剧的受众估计远远大于他的诗歌读者。有论者认为，假如艾略特还活着，定会对此感到悲哀。我却不这么看，盖因小孩子们都会被其中各种猫的魅力所深深吸引，整部剧不外乎人类社会的一个象征。他自第一部戏剧《斗牛士斯维尼》开始，到最后一部戏剧《政界元老》，都采用了无韵体，重视意义和节奏感，推动了把诗剧带上通俗舞台的传播。此次上海译文出版社出版的艾略特诗文五卷本，令人喜出望外地收入了他的戏剧集，弥补了对艾略特翻译的一个遗憾。

艾略特对于戏剧性的重视，不仅体现在他的文论里，也体现在他的诗作中。他认为戏剧性是作家所携带的文化传统、历史记忆在与时代相遇时所做的最合适的表达要素；而且，它能够使诗人或者作家的文学自我意识保持清醒，"即写作时的即时表演感，从戏剧的角度看待自身，将自己创作为戏剧中的一个人物"。这样做的好处是，让读者在阅读中发现和认识自身，而在实际生活中，他的作品因其戏剧性得以广泛传播，也说明了这种观点的成功和有效。

尽管各种评论对《荒原》赞不绝口，但艾略特真正的杰作仍然要属《四个四重奏》。其中的"小吉丁"描写的是诗人和他精神上的老师叶芝与马拉美合体鬼魂的会见。这首诗被誉为20世纪英文诗歌登峰造极之作。由于艾略特那时已经皈依天主教，所以诗作处处显示了他对生与死、时间、历史、宗教问题的思考。当我读到"老人衣袖上的灰尘／全是烧过的玫瑰留下的灰烬"；当我读到"而我们探索的终端／将是我们启程的地点／我们平生第一次知道的地方"时，又怎能不为时间这一曲哀歌动容？

《四个四重奏》和《荒原》不同，它摈弃了《荒原》中的意象跳跃、场景闪回、尖锐的批评态度，代之以平缓深沉的思索，略带悲伤的调子。这部探索时间秘密的作品，从描写自然时间、季节变迁开始，到探索个人记忆的奥秘，直至在结尾处继续追寻诗歌的语言和价值问题，每个章节，令人在其"平静的禁欲主义"语调下深深被触动——这种形式上的探索，是一个诗人对自己坚定不移、毫不降低标准的艺术要求，"是对文学史的胜利"。艾略特对文学的最重要贡献，不仅仅在于他以自己的创作使英语诗歌重新获得活力，同时他的诗学批评也发明了一套新的理论体系。或许，在他的诗句中，我们仍然可以找到人类精神和创造的象征——那个"走在你身旁的第三个人"，他是救赎者？创造的引导者？时间的影子？抑或是有待实现的我们的意识？——

> 当我点数的时候，只有你和我在一起
> 但当我抬头凝望前方那条白色的大路时
> 始终有另一个人在你身旁走着
> ……
> ——但在你另一边的那个人到底是谁？

2012 年 8 月 18 日

诗人阿巴斯的凝视

一

有一段时间——至少有两三年的时间，无论是出差还是在家中度过我那沉闷枯燥的书斋生活，身边总是放着一本古波斯诗人鲁米的诗集《在春天走进果园》。这本诗集由出版人寄给我并嘱我写篇书评，让我感到十分愧疚的是，尽管这本诗集几乎被我翻破，书页上密密麻麻写了很多心得和感受，最终也没能成篇。这是因为，鲁米的诗并不像表面看上去那样通俗易懂，苏菲神秘主义的宗教深意使得评说它们绝非易事。和诗里所呈现的炽烈情感相似，这些诗更能够使人进入爱之迷醉的体验而几乎拒绝评说。有位和我一样喜爱鲁米的朋友曾给我下载了鲁米英文版的诗集，我对照汉译找出尚未翻译出来的那些篇什，翻着词典自己偷偷译出了二十余首。这些几乎属于隐私的举动，只是说明我极其喜爱中古时期的波斯诗歌，在

10 世纪至 15 世纪的五百年中，出现了多位为世界文化做出极大贡献的杰出波斯语诗人，至今仍在滋养着后世人的心灵。因此，当读到伊朗诗人阿巴斯·基亚罗斯塔米（Abbas Kiarostami）的诗集时，我能辨认出这些精短的诗句里流淌着"嘎扎勒""柔巴依"和对句的古老文化血液。

如果有人说阿巴斯把他的长诗结构能力献给了电影，我并无异议，不过，说阿巴斯的电影更是来源于他作为一个诗人的生命底蕴可能更合适——这本《一只狼在放哨》尽管是由短诗组成，但里面显然有一些长诗因素的线索隐藏在其中。同一主题的观察对象，分散在厚厚一本诗集的各处，你总会在后面不断与它重逢。这些主题非常明显，关于当代的伊朗乡村的变迁、对某些植物随着四季轮回产生变化的观察、对不起眼昆虫的思索、对普通人日常生活中习惯性举止令人震惊的深层揭示、对乡野景物持续的关注等，都在他的诗中得以呈现。和他古老的伊朗诗人前辈强烈的宗教倾向不同，阿巴斯很少在诗中表达他对宗教的看法，他对生命和生灵的爱与悲悯深藏在诗句的背后，甚至古老的祆教对火的崇拜，也能在他很多描写石榴的诗句中传达出来。阿巴斯对于女性的看法也不同于伊朗传统的文化观念，他对女性命运的同情在诗中多次得到呈现。

二

作为诗人的阿巴斯，和作为电影大师的阿巴斯有何不同？在我看来没有什么不同。借助镜头和借助语言，只是工作方式的差异，但两者的表现同出一辙。但如果拿阿巴斯和其他诗人相比，差异就出现了。毫无疑问，阿巴斯在诗里给我们很好地上了一堂视觉课，他告诉我们一个人可以这样观察世界、观察事物。他给我们提供了看待世界的崭新的目光，无数令人惊奇的视角。尤其是那缓慢而长久的凝视，直到事物最本质的东西出现——在他那里，凝视是倾听，凝视也是诉说和理解，凝视是对所凝视之物的接纳和交流，凝视就是爱：

蜘蛛
停下工作
看了一会儿
日出

事实上，《一只狼在放哨》这本诗集中，这只蜘蛛早已经出现，从"蜘蛛/在日出前/已开始工作"起，隔一页或者十几页、几十页，它还会出现。有时它"给桑树和樱桃树的枝丫结网"，有时它又出现在一位老修女的帽子前，并缓缓后退，再有一次是开始在丝绸的窗帘上织网。在这些蜘蛛出现的空隙里，是诗人看到的其他事物：

一朵无名小花
独自生长
在一座大山的缝隙里。

这就像一个逐渐从近景特写开始后推变为远景的镜头，将这朵小花的位置和其生长的壮丽背景放在读者的眼前。然后，他注意到了乌龟："在数百块／大大小小的石头中／只有一只乌龟／在移动"。与前面写到的看日出的蜘蛛的视角不同，"蜘蛛看了一会儿日出"这样的描述，既有诗人的目光，也包含有蜘蛛的目光——在看日出这件事情上，蜘蛛之所见正是诗人之所见，诗人之注视采用了他者的目光，那是一只渺小生灵对巨大天体的感受；而看到乌龟在石头间移动，则是一个高处俯视从远景逐渐推至特写的观察角度，这个镜头感与看到一朵小花在大山的缝隙里生长正好构成了完全相反的两个镜头运用。在另一页中，乌龟的出现则是另一番景象："多么幸运／那只老乌龟／没有注意到小鸟灵巧的飞翔"。这是阿巴斯心灵的视角。当然，他也拥有几乎全息的视力，当他写到一棵草抽芽、开花、凋谢、散落时，他说："没有人看到。"很显然，这就是"上帝的眼睛"，是无限扩展的广角，它包含了时间和空间，因为在此处诗人将自己抽离，赋予被观察的事物一种更高存在的被感知。被感知，就是让事物在场，承认这一棵小小的野草在世界中的存在，即使没有人看到，但仍然可以被诗人所想象和洞察。

我简单统计了一下，在阿巴斯这本诗集中，经常出现的事物有阳光、月光、蜘蛛、乌龟、稻草人、风、狗、镰刀等事物和意象。《周易·系辞》中有"观物取象""立象以尽意"之说，阿巴斯关注这些物象，不外乎借此抒写内心的感受和思索，并指向对人生意义的沉思。

三

　　阿巴斯不仅敏感于事物本身和事物之象，也敏感于伊朗乡村自然在当代的变化。他像一个杰出的摄影师，来回切换镜头，必要时他也运用类似长镜头的观察方式，将故乡一丝一缕的变化，尽收眼中。

　　在诗集第一编中，他相对集中地写了回到出生地之后的所见所闻，全部是生活的细节：挺着大肚子的孕妇、已经没有孩子去游泳的溪水、覆盖着生石灰和废金属的游乐场、认不出他的老理发师和面包师、突然变高大的槭树、砍树人、糟糕的师生关系等。他的这些短诗，都像镜头一样放大着故乡惊人的转变，童年的记忆随之真正变成了回忆，他只用两行诗就将内心的悲伤表达出来："当我回到出生地／父亲的屋子／和母亲的声音／都消逝了。"

　　正如古希腊诗人萨福所说"诗人的屋子里不应该传出悲哀的哭泣"，阿巴斯并非是一个绝望的悲观主义者，他的电影《我朋友的家在哪里》中，那一朵小花也不断出现在他的诗句里——"野花还不知道／这条路／已荒废多年"。路的确荒废了，但野花却生机勃勃，希望从来没有离开人类生存的大地。这样的诗句，宛如镜子中反射出事物和背后的景深，是阿巴斯再次引领我们去发现的世界的曙光。他几乎用拍摄纪录片的方式写诗：

　　日出。

五时十五分。

三十秒。

　　这样的诗句有何意义？维特根斯坦在《文化与价值》这本书中很好地诠释了哲人对日出的看法："应当对每一次的日出保持惊奇。"又如——"十级台阶。/一个楼梯口。十级台阶。/一个楼梯口。/十级台阶。/一个楼梯口。/没人开门。"将一个在台阶和楼梯口不断徘徊的人遭受拒绝的场景简洁呈现，可谓不着一字尽得风流。他甚至构想出一个诗歌社会、诗歌年代，在那里，农民收获诗歌，推销员推销诗歌，晾衣绳上晾晒诗歌。风偷走诗歌的片段，铸币厂打造诗歌硬币，姑娘们要的彩礼是诗集，银行在开诗歌分行，少年用一个对句换一把漂亮小刀，建筑委员会画的不是蓝图而是诗行，连商人也在走私诗歌，而药店用诗歌作零钱换给顾客。这样一个诗歌的国度，真不知要把诗人逐出理想国的柏拉图该做何想。阿巴斯将现实视角和心灵的视角高妙地融合在一起，精彩地为读者演示了他如何以清新的目光回应世界之美。他不仅仅会使用镜头，同样也能举重若轻地把镜头无法处理的感受放进诗句，那是时间的秘密，过去和现在同在一起的秘密："在一条山路上/一个老村民。/远处传来，一个少年的呼喊。"这不是分屏画面，这是洞悉时间并将不同的时间融合于无限辽阔之永恒的剪辑和重叠。

　　看，凝视，就是触摸。在诗人的目光中，有着人的心灵和世界接触时的战栗，正如阿巴斯看到的那样，当秋天第一缕月光照在窗子上时，玻璃也会震颤。震颤的不是玻璃，而是诗人之心，是诗人所感到的对大自然奇迹的惊讶。这些看似寻常之事之物，必须有婴儿般清澈透明的视力才能看出如下清晰的事实——我们每天都生活在万千奇迹之中。或许，这些朴素的诗句就是译者黄灿然所说的"翻译阿巴斯就像上天堂"的理由吧。

2017 年 9 月 20 日

深情的对抗者：高银

> 每户人家都有新娘。多么久的等候。
>
> 我停止走路，远远地绕着圈子。
>
> 老马早已预知雷声
>
> 无力的闪电姗姗落地。
>
> 啊，这世界多么古老。

在深夜读这些诗，眼圈发热，令人鼻子酸楚。像阳光一样，精神的慰藉既远又近，既温暖又悲凉。而它存在，并向你低语——"我在。我一直都在。"

初中辍学，少年出家，数次自杀，几度入狱；出版诗集百多部，确立了他在当代韩国诗坛的地位。抑或说，他也在影响着世界诗歌的某种方向——他就是韩国诗人高银。

高银这样的诗人永远不会过时，尽管就在几天前，我曾问一位韩国诗人对高银如何评价，他的回答是："高银算是传统的诗人，现在很多年轻诗人已经不再用他那种手法写诗了。"这样的回答无法改变我对高银的看法,他依然是那种人类的心灵永远需要的诗人,尤其当冷漠麻木的毒素遍布人群的时候,尤其当杀戮染红宁静大地的时候,尤其当大自然在城市蛮横的步履前沉默后退的时候,尤其当一个人感到绝望、感到一切皆为虚无的时候。他以柔情对抗冷酷,以人的尊严对抗暴政,以细腻到令人惊悚的感觉对抗陈词滥调的表达。他是一个对抗者,在荒诞不经的生活中,他是人类的一根纤细的神经,传递着人性中微弱又不息的希望。

《唯有悲伤不撒谎》是高银在中国出版的第一部诗集,从他的诗中可以看到十年佛门生活对他的影响,但影响更多来自他身处的时代、家庭、情感和大自然、村野的养育。他属于人类文化中最有力量的一个传统,在这个传统中,所有以个人方式被其光荣地使用着的诗人,莫不是从生生不息的大自然中得到启示,从最平凡人间的寻常快乐、苦难里洞悉生命之意义、宇宙之秘密。他们散落在世界各地,并出生在不同的朝代,却是来自同一个心灵基因清晰的家族,他们所有的理性都用来探索感受的秘密,并在这种感受中更新着人类的理性,推动人的心灵向善的艰难移动。

高银爱他的马,爱文义村和清水庄,爱雪后的大地。他的爱饱含着悲伤,因为时间在流逝,因为万物默默忍受着各自的命运。"死亡听着世间的人迹 / 远远走开又回头张望。/ 像今年夏天的芙蓉花 / 也像最谦卑的正义 / 一切都很低。"他如何理解"正义"这个词呢?正义在他的眼中是如此谦卑,是柔弱的,是在低处的。它不是革命者手中的斧子,也不是嗓门洪亮的吼叫,而是水声潺潺的流动,在夜里,在寂静的悲伤中。定义某事某物事关生死，尤其是"正义""自由"这样的词语，它影响着人们对于生活本质的态度和人之尊严确立的基础。诗人并非人间异类，他以表达可以共享的内心经验和内心感受成为最普通的人。他是一棵树，是一片出汗的稻田，是与死者同在的人，并且也是与死者一起活着的人。

> 我的哥哥死后涛声像哥哥
> 我丈夫死后涛声像丈夫
> 我的孩子死后涛声像孩子

这是神灵在借诗人之口说话吗？还是神灵自己开口安慰失去亲人的人，它化为涛声，拍岸不息？可以确知的是，诗人是通灵者，是能跨越生死界限感知生命的人。死去的亲人只是变换了形体，化作涛声，化作尘土，化作风声——中国民歌《小白菜》中那个失去母亲的孩子知道，"我想亲娘在梦中，亲娘想我一阵风"；法国诗人雅各泰知道，"你曾透过地上厚厚的尘土／看着我"，而空气回答说："他已变成了那令他最感到愉悦的形状。"生死轮回，无始无终，涛声风声，都是一曲悲伤的颂歌。

高银曾说："中国古人相信土地不仅仅是泥土地，他们相信地有灵、有神的存在。树木生长出来，大象从其身上过去，刺猬到处去挖，土地之神都纵容它们。但是如果有人往大地上浇酒，大地就开始动起来了，开始舞蹈起来。用笔写诗对于我来说就像是我在舞蹈。"高银诗中出现的乡野景物，在他的笔下被某种神秘力量唤醒，慢慢向人们呈现出世界的奇异本相——下雪了，在溪水里洗过的手脚，无家可归者在终点下车，一盏灯，东海几亿兆波浪苍茫，下雨时感到恐怖的初生工蚁……高银呈现的是努力与大自然对照的人间隐形结构，是充满象征意义的自然对人类社会的启示，是处于无限存在的宇宙万物的图景。在他那里，思想并非完全隶属于理性，人类对大千世界的感觉包含着思想，思想的激情是感觉烈焰的燃烧之物。充满童年的死亡的阴影，被放置在如此辽阔无垠的图景之中，获得的是悲伤的安慰——它依旧是安慰。甚至那覆盖一切、清洁一切的雪，也带给人悲伤的祈祷："鹅毛大雪飘落／鹅毛大雪飘落，一切无罪。"

弘一法师诗云："眼前大千皆泪海，为谁惆怅为谁颦。"高银写乡间的坟墓，写早夭的哥哥，患肺结核的姐姐，写每天走向死亡的人和牲口，写越战的伤残军人，写漂泊凄苦的妓女，这人间的苦难写得克制而充满温情，当一个人读到他"不要哭……我由无数个他者构成，不要哭"的时候，能不热泪盈眶么？那融化心灵的感动，来自所有受苦人能感受到的诗人的陪伴，是"我是你，我是另一个人"的不再孤独。死亡，虚无，始终是高银思考的问题，在他的诗中，由于动人的深情，这一切都得到了一个温暖的安放之处。

在高银《很多人》这一辑中，他写到了许多命运悲惨的人：头顶大蒜赶往集市的贫穷女人，化作风筝的万洙的鬼魂，坐在轮椅中的瘫痪女孩，被无耻的大人非礼的失明芬礼，那些牲畜们的爪子伸进了她的胸口……泪水和苦难，无言的顺从和无奈的反抗，那些哭声后长久的沉默，"这并非孤独而是信任／哪怕孤独也会长大的信任／独自玩耍／也与世界同在的信任"，高银不停地自言自语——如果不是这样，如果不是这样。这就是世界，这就是人间。西蒙娜·薇依曾经说过："痛苦造就了多少该下地狱的人。"仿佛是对这句话的回答，在高银的诗中，这些正经受着痛苦和羞辱的人，哀伤地守住了自己不滑向"复仇和杀戮"的道路。他们就像索德朗说的那样，"仅仅像牲口一样忍受痛苦"。或许西蒙娜·薇依说的另一句话，正是来自宇宙最严正无情的规律——"无论发生了什么，至少这世界是圆满的。"对于曾是佛教徒的高银来说，因果之说能安慰这些受苦之人么？抑或在人们对于苦难的忍受顺从中，也有着对不公平命运的另一种回答？那些"圆满的世界"里，一切苦厄都将以别的方式转换为未来的福报？而诗人的诗句就是易感的心灵为现世奉上的含泪抚慰——对一个遭人鄙视的丑姑娘贵女，诗人这样写道："我想做贵女家的人 / 我想在贵女家的厨房灶前 / 和她一起生火 / 我想去贵女大便过的茅房 / 也在那里大便"。这令人颤抖眩晕的诗句，怎不令人大放悲声！

　　高银的诗尽管充满了禅思和深切的悲悯，但他并非像中国唐末那些因为愤世嫉俗而归隐的诗人。写隐逸诗在很多末世意味着抵抗、不合作，而像高银这样"勇猛"地对抗强权的诗人，人类历史上也不鲜见。20世纪五六十年代韩国政坛震荡，每一次政权的更换都对异见者实施逮捕和枪毙。将人的命运视同自身命运的高银显然不会袖手旁观。尽管他自称"即兴"诗人，但这仅仅是创作的一个方法，并非他对个人、国家、民族的唯一感受尺度和区域。他曾写下过苏联时期诗人们面临的灾难，在《悲伤的第一人称》中，苏维埃诗人们只能写"我们"而不能写"我"。高银敏感到:"启蒙很快变成了自相矛盾。"这位曾经的政治犯,投身于抵抗暴政的社会生活,用帕穆克评价加缪时说的话,对这些诗人、思想者来说,"政治是我们被迫接受的不幸事故"——

> 如果历史过于宏大
> 如果历史过于沉重　　那就没有今天
> ……
> 从观念的深渊中
> 从最崇高的错觉中
> 从夸张中
> 从虚伪中归来吧

历史终将被大自然回收。这是仁慈,也是人作为世界的一部分的必需的视力。韩国批评家这样评说高银:他的诗歌凭借爱、愤懑、激情,在韩国诗歌史上开拓了"充斥于模糊感之中的直觉和灵感的领土,并扩张到日常生活的层面"。这就是诗人高银对人间不公的对抗,他哀怜的噪音,来自一颗敏感多情、温柔的心。诗人的真实感受对任何权力来说都是一种威胁,因为感受所携带的复杂性在诗歌中还原着生活的真相,诗人的想象力抵达的任何事物,都在语言中不可避免地反射出他情感的深度和温度,它们是悲伤、是温暖,是大自然的安慰,是生离死别的哀歌,是这个冷漠和爱交织的世界的一份独特的见证——"唯有悲伤不撒谎"。

2015 年

花神的梯子

> 在你枝条的风中，你能保住那些根本的朋友。
>
> ——勒内·夏尔

赵君晓阳，山西人士，北岳文艺出版社编辑。其为人忠直仗义，博览群书，有极好的文学判断力。

2001年，山西诗人潞潞、姚江平邀我参加"太行金秋诗会"，自太原到黎城颠簸的路上，身后一直有人不断在愤世嫉俗地评判着当下丑陋的世风和读物的庸俗，颇合我心。当我扭头看他时，却只见到一顶棒球帽遮了脸，此君已经随着车身的摇晃开始打瞌睡。

这位便是赵晓阳。

潞潞悄悄告诉我，赵晓阳是赵树理的亲外孙，作为一个有眼光的编辑，他编辑出版过很多好书。潞潞这么一说，我忽然想起2000年北岳文艺出过一套"黑皮诗丛"，里面收入了我喜欢的诗人多多、潞潞、宋琳等人的个人诗集。这套诗丛的责任编辑就是赵晓阳。尤其是多多的诗集《阿姆斯特丹的河流》，收入了他1972年至1998年最重要的作品，而这些诗篇由于多多旅居国外，很多读者根本无缘一睹，这本诗集的出版，不知道影响了（包括我在内）多少写诗人和读诗人。

这次诗会，诗人、翻译家树才也来了。赵晓阳当时就和他谈定要出版法国诗人勒内·夏尔、博纳夫瓦、勒韦尔迪三人的诗集，另外拙作《蓝蓝的童话》也被他约了去。

赵晓阳喜酒，三杯下肚，一浇心头块垒，郁积在胸的苦闷便滔滔不绝地倾倒进我们的耳中。其率真和单纯，闻者无不动容。除了对一位有判断力的编辑的尊敬外，我对他是赵树理的外孙的身份也有些好奇。他却说得不多，只是说赵树理当年被揪出去批斗，抬回家来已经被打得几乎奄奄一息，只能托人找车拉到医院救治。

"我姥爷……唉！"

他摇头叹息，那种说不出的痛苦，只能令我沉默无言。我曾在太原街头见到过赵树理先生的一尊站身塑像，问起赵晓阳，他赶紧摆摆手："别提啦！那怎么会是赵树理？整个一夹着账本的大队会计！"

赵晓阳的父亲因为受赵树理牵连，为躲灾祸而出国。赵树理平反昭雪后，赵晓阳到俄罗斯探望多年音信皆无的父亲，回国后常挂在嘴边的却是一桩趣事：一日他喝得高了，走在大街上，对面摇摇晃晃走过来一陌生的俄罗斯哥儿们，看到他就大张双臂，亲密地拥抱在一起，举起手里的酒瓶子请他畅饮。"多好的同志啊！"赵晓阳笑得眼睛眯成了一条缝。

就是这位性情中人，在那次山西诗会后一年，给我送来了一架勒内·夏尔（Rene Char）的"花神的梯子"，使我不仅拥有了三本一模一样的《勒内·夏尔诗选》，还能借助这架诗歌之梯，瞭望词语和创造的辽远之美。

二

说吧，是什么，让我们喷吐出花束？

——勒内·夏尔

"你喜欢谁的诗？最近在读谁的诗？"

"勒内·夏尔。佩索阿……"

"哦，夏尔！写得真是太好了！"

一头白发、狮子一般的诗人多多听我说到勒内·夏尔这个名字时，他的眼睛登时亮了，"是北岳文艺出的那本诗集吧？"

我点头。身边参加 2005 年"三月三诗会"的诗人们也加入进来，谈论起这位颇有传奇色彩的诗人。

勒内·夏尔，1907 年出生在法国南方沃克吕兹省索尔格河畔，在乡间长大。他有着 192 厘米的高大身材，是个优秀的橄榄球运动员。1927 年，他在法国的炮兵部队服完兵役。23 岁时接触到法国超现实主义诗歌，初期的作品便赢得了布勒东和艾吕雅的赞赏和器重，并与其出版了诗歌合集《施工缓行》。第二次世界大战开始后，法国被德军占领，夏尔英勇参战，加入抵抗运动，并成为下阿尔卑斯地区的游击队领袖。在当地，很多人不知道他就是诗人夏尔，但是，很多人知道他是大名鼎鼎的"亚历山大大尉"，一个骁勇善战的英雄。法国光复后，夏尔继续诗歌创作，经历过苦难和死亡威胁后的诗人，虽然后来脱离了超现实主义的阵营，其创作手法依旧是超现实主义式的，他对现实的关注也愈加强烈。他的诗歌奇崛神秘，虽然被很多人认为是复杂难解，但仍然影响了包括福柯在内的众多大家，被誉为法国最好的隐秘主义诗歌大师。

《勒内·夏尔诗选》的译者树才曾经对我说："'我歌唱新生儿脸上的热烈'，这样的句子唯有夏尔才能写出来。"树才翻译夏尔的诗作极其认真，在这本诗集的附录后记中他写道："我译得吃力，缓慢，……正是在'不可能'的绝望中，我的译诗，在为'可能'而战。"

这本诗集连同树才翻译的另外两本博纳夫瓦、勒韦尔迪诗选的封面设计者，恰好也是拙作《蓝蓝的童话》的封面设计者。赵晓阳在整个编辑过程中，每道环节事必躬亲，和我多次就封面、纸张、版式、字号等具体问题电话来往，让我也了解到树才翻译的三本诗集的进展。由此，我在第一时间知道了诗集印出上市的时间，并很快在郑州的书店买到了《勒内·夏尔诗选》，以及其他两本"黑皮诗丛"的译诗集。那是 2002 年秋天，我有了第一本《勒内·夏尔诗选》，几个月后，便有了和多多等诗人在太湖边谈论夏尔诗歌的机缘。更有了多年以后拜访勒内·夏尔故乡的愿望。

有一次我偶尔在网上读到何家炜翻译的夏尔的一首诗《宣

告其名》，在树才的译文中翻译为《宣告他的名字》。有一个挺大的异译是，何译："那时我十岁，索尔格河将我镶嵌。"而树才的译文是："我十岁，索尔格插入我。"

"镶嵌"与"插入"，这是两个完全不同的词。我不懂法语，心存疑惑，一直想找机会向树才请教，但一见面却总是忘记。

三

棕色蜜蜂，在这醒来的薰衣草中，你们在寻找谁？

——勒内·夏尔

拿到《勒内·夏尔诗选》后的一段日子，我几乎整日沉湎于诗集中那些令人着迷的诗句。以往的阅读习惯开始接受着又一轮的挑战。我记得在翻过整本诗集后的某一天，当我顺手再次翻开书的时候，一行字跳进眼睛："倾翻的船上没有恶毒的影子"。我记得我读过这句诗。但为什么我又一次读到它的时候，醍醐灌顶般就打了一个寒战。是的，在面临灭顶之灾的时刻，任何对于人的诅咒都会为死亡来临时对生命的怜悯所取代。这样的阅读令我心仪不已，这是因为它证实了肤浅而匆忙的阅读几乎完全无效，而夏尔的诗带给了我再次认识并开拓自己理解力的机会。

没过多久，诗集的编辑赵晓阳把一整套崭新的三本译诗寄到了我手中，于是我有了第二本《勒内·夏尔诗选》。我打电话向他道谢，但同时表示，像这样的诗集再多一套也不算多，因为我不知道自己会去读多少次。从电话里传来的笑声告诉我，作为一个编辑，他是多么开心和欣慰！

　　勒内·夏尔有一首诗《红色的饥饿》，我印象极深。我记不清在这本诗集出版前是不是已经读到过这首诗。因为树才当年不断地在翻译法国诗人的作品，我们通信时常会收到他打印在纸上的一些翻译诗歌，诸如勒韦尔迪的作品，弗朗西斯·雅姆的作品，我都是很早就从树才的惠寄中读到了。我知道因为市场的原因，一般出版社都不愿意出版诗集，他们忘了那些杰出的诗篇不仅仅像夏尔所说"诗，从身上盗走了我的死"，也忘记了还有相当多的读者愿意不断地去读诗而令这些诗集成为常销的书籍。赵晓阳和北岳文艺出版社策划出版"黑皮诗丛"的魄力和远见怎不令我等钦佩信服！

　　回到夏尔的诗——《红色的饥饿》，是写给一个死去的女人的诗，作者营造了一种她仍然活在人间的氛围——像往常一样，在餐桌旁坐下，和诗人一起吃饭，或者被她爱的男人紧紧搂在怀中。然而，"你疯了"，诗人的疑问和肯定都是针对自己的，他知道借用诗歌的魔力能让爱人复活，活在自己的膝盖上和双臂间，或在视力所能达到的任何地方。"你太美了，没有人意识到你会死。"夏尔这句诗像迎面撞过来的一口大钟，让读者清醒，并为美的殁亡而痛心疾首。诗人接下来写道："确定无疑的赤裸，/乳房在心脏旁腐烂"，令人毛骨悚然的具体的描写推进着悲哀绝望前行。然而，死去的女人并不孤独，诗人深情地说："过一会儿，就是夜。你和我一起上路。"因为这是一个跨越了生死的"重合的世界"，"一个男人，他曾把你紧搂在怀里。/坐下来，吃饭。"

　　这是一首让人潸然泪下的诗。一首你读到以后再也不会忘记的诗。对一个合格的读者来说，这样的诗篇就像芬芳的薰衣草，吸引着我们蜜蜂般挥动寻找真情的翅膀前往。

四

> 为什么众人中最活生生的生者，难道你只是生者中花朵的黑暗？
>
> ——勒内·夏尔

法国老牌的伽里马出版社有一个在全球威名赫赫的"七星文库"，它和日本的"岩波文库"、英国的"企鹅文库"一同被视为世界上最有影响力的经典文学系列丛书。能够入选"七星文库"的作家，无一例外都是实至名归的经典大师。截至2009年，仅有198位作家成为该文库的入选者。对很多诗人作家来说，被"七星文库"看中，意味着不可动摇的文学地位和莫大的荣誉。勒内·夏尔在生前是唯一一个在世时入选"七星文库"的诗人。他于1988年在巴黎去世，20年后，人类学家克洛德·列维-斯特劳斯在百岁时由"七星文库"推出了他的七本文集，成为了另一个入选"七星文库"的"七星活人"。

2003年初，我到北京出差，和几位诗友见面时，诗人树才又送了我由他翻译的《勒内·夏尔诗选》。至此，我的《勒内·夏尔诗选》达到了三本。我并未推辞，而是快乐地感谢并接受——有谁会拒绝收下自己喜欢的书呢？哪怕你已经有了。

我从不隐瞒对夏尔诗歌的喜爱，正如我也非常喜欢另一个法

国诗人——极为朴素晓畅的雅姆。两位诗人在表达形式上完全不同：夏尔的诗，用树才的话来说是"陡坡"，有险峻有意外，也有高崖之下山谷的幽深；而雅姆则宁静澄明，质朴如憨厚的农夫。我渐渐地发现，这两位风格迥异的诗人却有着异曲同工、殊途同归的内在的一致。夏尔的诗句在看似抽象中处处布满具象，而雅姆邻家老叔般低声的喃喃诉说却也似一把直抵心胸的精神利刃。两位诗人都在探索人类的痛苦、希望和命运，他们关注的都是人的本质和心灵中最隐秘的那些颤动。虽然他们挥舞的是不同样式的镰刀，但收割的却是完全一样的沉甸甸的精神稻谷。

去年仲夏初到的一天，很久没有联系的赵晓阳忽然打来电话，问："你忙吗？"我说我不忙。他说："我今天给很多人打了电话，人人都在忙。"我说我不忙，然后就沉默，听着他话筒里的叹息。我知道，在一些人的记忆里，会有某些个难以遗忘的日子，这样的日子像毒针一样深深扎进人的大脑中，时常来刺痛你。从他几乎要哽咽的声音里，我听到的是痛苦，也是一个人高贵的性情。感谢赵晓阳，给我们出版了这么多好诗集；感谢树才，翻译了这么好的诗句。在漫长的岁月里，那些动人的诗歌绝不是点缀"浪漫"生活的花边，它们如沉重的锤头，依旧在不停锻打着诗歌这架引领我们上升的梯子，把我们送往更接近正直高尚的精神领空。

2010 年

世界之妻：瞧这些女人！

不仅仅是男女关系

准备好——牌局开始了！

对决者是几位"难搞"的女人。你说得对，她们都不是照模子把自己塞进去的"淑女"，但有人真诚地爱着她们，不但有男人爱，还有女人爱。她们全都美丽而有钱，并且还拥有智慧。无论在牌桌还是在人生的沙场，她们冷静从容，驰骋纵横，赢得起也输得起——因为，她们每一个都是自己的主人。

有意思的是，这几位太太的背后，站着一群永远也无法赢牌的女人。这群躲在阴影中的鬼魂，生前全都大名鼎鼎，但命运凄惨可怜——从夏娃、灰姑娘，到玛丽莲·梦露、白雪公主，乃至全世界都知道的死于非命的戴安娜王妃。她们瑟缩而立，只能羡慕地看着几位独立强悍的太太出牌，选择决断，为自己赢得尊严、自由和快乐。

上述一幕，来自英国诗人卡罗尔·安·达菲（Carol Ann Duffy）的"野兽太太"一诗中描述的情形。就在戴安娜王妃香消玉殒两年后，达菲写出了《世界之妻》（The World's Wife）这本诗集。十年后，一向对皇族名声小心维护的英国皇室，终于在读者和批评家们的强烈呼吁下，宣布达菲成为英国历史上首位女性桂冠诗人，更新了此项被男性垄断341年殊荣的历史。

作为苏格兰第一个公开同性恋身份的女诗人，达菲世俗名声的传播一直饱受争议，她的女性身份和同性恋身份非但没有为她的诗歌加分，反而在一些厌女症患者那里成了她备受攻讦的理由。但是，由于人类对文明不懈的渴望，更多的人愈来愈明白：维护一切被剥夺了尊严的人们的权利，最终一定也是为了维护自身的尊严和权利，因此，达菲和她的诗慢慢赢得了更多人的喜爱和尊重，因为她不仅仅关注了女性的命运，也在最本质的立场上关注着强权下所有遭受不公的人们的命运。

《世界之妻》这部诗集一举为达菲赢得了国际声誉，中文版译者陈黎和张芬龄在"导读"中写道："此本诗集中达菲所塑造的30位（组）新女性，个个勇于颠覆传统思维，不轻易妥协，忠于自我，性格鲜明，为读者开启颇具震撼性的视野"，整部诗集笔法狂放，宛如野兽派画风，压轴之作"野兽太太"尤其如此。不过，译者将书名译为《野兽派太太》则不是这个原因，而是可想而知的无奈。

"世界之妻"这个说法来自乔治·艾略特的小说，喻指人们的飞短流长，和中国"长舌妇"一样，充满了对女性的歧视。省察我们的汉语在造字之时，也不忘将女性和一切卑微低下的事物联系在一起，仅一个"奴"字便可知，女性备受歧视久矣！

《野兽派太太》是为数不多的几本让我一口气读完的诗集。身为两个女儿的母亲，我尤其希望我的女儿们都来读一读这本书，那将对她们的人生大有裨益；如果我有儿子，我同样希望他也认真读一读。这倒不仅仅因为在达菲的诗里，每个女性都有"自己的想法"，也不仅仅因为"无论她是谁"的直抵本质的追问，而是因为它真实地揭示人类历史中女性和男性的复杂关系，也随之必然地唤起我们对一切暴力与权力的敏感和警惕。

从女教皇到不存在的太太

没人不知道莎士比亚。没人不知道达尔文和弗洛伊德。但有几个人知道莎士比亚的太太安妮·海瑟薇？有谁知道达尔文的太太和弗洛伊德的太太是谁？

当人们赞美珀涅罗珀为去特洛伊打仗的丈夫奥德修斯守贞20年的时候，有谁知道她真实的想法？别忘了荷马是个男人，他说的只是一面之词，我们应该听听女人们、妻子们怎么说。

《野兽派太太》写了30位（组）神话传说、童话和文学作品中和真实存在的女性，几乎将最典型的女性形象包括在内。这些女性至少有一半在西方世界家喻户晓，而另一半则因为她们著名的人尽皆知的丈夫。尽管如此，她们依然是文化意义上沉默的一群，被忽略和遗忘的一群，但她们绝不会令你感到寡淡无味，她们全是一些特别有意思的人——伊索太太、浮士德太太、西西弗斯太太、卡西莫多太太、美杜莎、拉撒路太太、莎乐美、皮格马利翁的新娘、伊卡洛斯太太，等等。这些被男性写进作品或没写进作品的女性，忽然齐刷刷地出现在一位女诗人笔下，争先恐后地要站出来说话。其中，有一位地位远超人间王位的女性，她是历史上唯——位有记载的女教皇琼（Pope Joan）。

无论在尘世还是在教会，教皇的地位崇高神圣，无人可及。据史料记载，琼是相传在位于公元853年至855年的天主教女教宗，自幼着男装，才华横溢，求学于雅典，授课于罗马，众人推崇其学识深厚，最后被选为教皇：

> 我学会了将未发酵的
> 面包转化为
> 耶稣神圣的血肉
> ……
> 身为罗马教区的牧师，
> 以梵蒂冈为家，
> 比枢机主教，大主教，主教，教士
> 更接近天堂，
> 一如男人中的男人，
> 而且比他们加倍地贤德

然而，这位女教皇因怀孕产子而暴露女性身份，被绑于马尾后游街示众，最后死去。这场悲剧的发生仅仅因为她是一个女性。作为曾经"离上帝最近"的女教皇，在生命最后的时刻，感到血泊中一只手将婴儿自她的两腿间向外推撞："——在我的神迹中／全然非男人或教皇。"那是一只诞生新生命的手，是为母亲加冕的手，那只手满是爱的力量，并非是来自男性世界的权柄。这样悲怆的呼喊应该直达天庭，让诞下耶稣的圣母玛利亚听到。

从宗教到神话和世俗生活，女性的遭遇呈现出被男权话语遮盖并合理化了的情状。毫无疑问，《野兽派太太》是一部女性视角的作品，它致力发出被遮蔽了的女性的声音。于是，我们知道了被皮格马利翁拥吻的女像，是多么不堪他的骚扰，以至于当她决意以热烈狂野的拥抱回应时，皮格马利翁逃之夭夭。我们还知道浮士德太太道出了一个秘密，那就是爬上权力和财富顶峰的浮士德——"那个聪明、狡诈、无情的混蛋，/没有灵魂可出卖"。

有句俗语说得好：马夫的眼里没有将军。妻子们的眼里看到的或许才是真实的男人，无论他如何有名。哲学家眼睛里反抗荒谬命运的西西弗斯，无非是一个根本不顾妻儿死活的自私虚荣之人，而寂寂无名的安妮·海瑟薇，则是大名鼎鼎的莎士比亚的两条腿家具、女仆和一张次好木床的继承者。无人不知达尔文的进化论，但谁会知道达尔文夫人在动物园大猩猩面前的咒骂启发了他？此一类的题材，达菲信手拈来，嬉笑怒骂，幽默风趣，令人不禁捧腹大笑。这些在男人笔下"不存在的太太们"，一旦开口说出她们眼中的事实，那个几乎一边倒的男性的世界，是否朝着公正的天平开始获得平衡呢？

两性共同的敌人是权力的奴役

我反对将达菲仅仅视作是女权主义代言人的说法，这显然和矮化女权主义的论调如出一辙。达菲当然是坚定的争取平权的女诗人，但凡理解女性争取和男性同样的尊严与权利的意义，也必定会知道，女权主义和一切反对暴力威权、争取自由平等的言行，其本质和目的是相同的，它也包含着将男性从一切奴役中解放出来的努力和实践。

犹太裔哲学家马丁·布伯认为：关系是相互的，"我"之中唯有包含了"你""我"才成为"我"。关系依据行为构成，一个人对待他人的态度，确定其本身在关系中的位置：将他人看作物，意味着自身亦为他物；将人看作参与自身存在的主体，则人我皆为真实存在之人。"我"的身份和我对待他人的方式是相互依赖共存亡的。如果我们知道这位"现代德国最重要的哲学家"既是犹太人又是伦理学和社会学教授的身份，我们也就不难理解他何以在希特勒当选德国工人党元首两年后写出了《我与你》(*I and Thou*)这样一部震动西方知识界的经典之作。

在达菲的诗中，女性的觉醒和自救是获得独立自由的必要条件，也是抛弃仇恨怨怼最终与男性建立相互尊重平等关系的基本前提。尽管达菲说"让我当那个爱得较少的人"，但这是受到男权伤害的女性自我救治、自我痊愈的第一步，因为被剥夺者没有真正的自我，亦没有真正的尊严和爱的能力。正因为如此，在她的笔下，新的女性正在觉醒：当一路风流的奥德修斯返回伊萨卡的时候，他的妻子珀涅罗珀并未扑过去吻他的双脚，只俯身专注于自己手中的活计——"我将布料与剪刀、针、线分类，/本想自娱，/却因此找到了一生的事业"。我们还知道了欧律狄克根本不愿意随俄耳甫斯返回人间，因为她再也不想当他那块虚荣蛋糕上的奶油花边儿了。事实上，男性诗人也有类似的看法，里尔克和米沃什就认为俄耳甫斯根本不信任自己的妻子和冥王的承诺，或许对自己把妻子重新带回阳间这一行为有些后悔。他们的诗证实了我的想法——有想象力和公平良知的男性也能够真正体会到女性的感受：正是对他人痛苦的感知、共情使人开始进入文明。

达菲并不是一个蛮横极端的女权至上者，描写"魔鬼之妻""莎乐美"的诗同样揭露了一个人被嫉妒和暴力控制的恐怖邪恶。在《弥达斯太太》这首诗中，达菲指出，能够点石成金的弥达斯，其手指所到之处皆变成黄金的冰冷恐怖，"他的吻会把我的唇变成工艺品"，经济理性至上的罪恶就是将人间的一切关系全部变成商业交易，变成货币，将情侣夫妻变成生意人，这犀利的发现正是来自达菲卓越的洞察力。

《野兽派太太》以重写童话"小红帽"作为第一首诗，开始了一位女性从童年进入被男权社会控制的生命之旅，最终以《得墨忒耳》这位古希腊谷物女神结束全书，将人类精神的救赎希望落实在最深沉的母爱之中，不仅仅因为母爱无私，还因为母爱孕育生命中的生命，是女人和男人的诞生之处，也是"信、望、爱"共同的来源——这是来自女性的视角，是世界另一个维度的精神发现，是考察压迫、性别与暴力等社会现象的一个古老坐标。它纠正着以往男权主义者对女性的偏见和歧视，其本质是对一切奴役人的强权的勇敢反抗。最值得称道的是，两位译者为本诗集中的众多人物撰写了多达 38 页内容丰富生动的介绍，可看作是一篇性别文化考古的探佚索隐之作，也是非常有研究收藏价值、译写俱佳的文本。

2018 年 3 月

是感情，尤其是爱

一

2017年4月初的雷博村的确让我大吃一惊。

尽管它是普罗旺斯地区一个著名的景点，但到了夜晚，那里的游人早已无影无踪。这个建筑在绝壁之上的城堡，处处都是嶙峋高耸的山崖，裸露的岩石在阴影里弥漫着阴森的气氛。从壁立的高处探身朝下望，深不可测的峡谷一片漆黑。但丁笔下的地狱河谷及部分炼狱的原形无疑就是这里——这也是雷博村吸引世界各地游客的一个重要原因。

重新想起这个地方，原因是我在爱尔兰诗人谢默斯·希尼（Seamus Heaney）厚厚两大卷诗集《开垦地：诗选 1966—1996》中的某些章节，读到了来自但丁的影响，希尼对此谦卑而坦率地予以了说明。这是由希尼亲自选定的诗选集，创作跨度整整30年，代表了他最重要的作品。艰深的内容使我的阅读进行缓慢，眼睛的疲劳引发角膜充血发炎。好在这是一本非常体贴读者的译作，绝大部分诗作都附有详细的背景说明和人物介绍，这为中国读者了解希尼诗歌中复杂的历史文化背景提供了极其专业的帮助。

无可讳言，想在一篇简短的书评中细致入微地评价这位大诗人的作品，几乎无法做到。但我注意到被选入本书的《斯泰逊岛》，几乎贯穿了希尼作为一个诗人在创作中遇到的重大问题。这是他出版于 1984 年的同名诗集。在这本诗集里，既有诗人对日常生活的观察，也有一系列描写亡灵的惊人诗篇，更是通过一个名叫斯威尼的七世纪乌尔斯特国王的故事，对自己的创作、对自我的质疑和悔罪、对宗教与政治以及道德情感的考量等问题，进行了深入的剖析——当然，是以他那卓越诗人的才华显示出思想的一种方式。

希尼出生在爱尔兰北部德里郡一个虔诚的天主教家庭。不了解爱尔兰复杂多变的历史可能会对阅读他的诗歌造成困难：天主教和基督教的冲突、各个党派、宗教组织之间的战争、爱尔兰与英国的统治与被统治的流血抗争，都在他的诗篇中有所体现。自从他在 1966 年出版了第一部诗集《一个自然主义者之死》，那篇"挖掘"中骨节粗大的父亲与手指间握着一根如枪之笔的诗人形象便广为人知。前期的很多作品，希尼致力将爱尔兰传统文学与德里郡乡村的生活结合在一起，他将"直感"引入了文学，农村生活经验"被以一种具有伟大的丰富性和直接性的愉悦感官的语言传达出来（科科伦）"。这一美学倾向一直持续到他的晚年，但也引起了一些批评的声音，著名的美国学者苏珊·桑塔格在世时也曾评论过希尼笔下的爱尔兰"就好比是都柏林里的迪斯尼乐园"。但是，如果人们认真读一读希尼的大部分诗歌，就不会这么轻率地将他列入远离时代现场的诗人之列。

二

1969年夏天，希尼在西班牙度假期间，北爱尔兰发生了一场暴烈的天主教徒反叛骚乱事件，随后而来的是英方无情的镇压。在这样一个"令人揪心"的历史时刻，诗人写下了《1969年夏天》这首诗。他记述了度假的一家人坐在电视前看到这个血腥消息的同时，电视里也在播斗牛表演。难道希尼不知道在这个时刻"回去，接触人民"正是造就"民族伟人、民族诗人"的好时机吗？况且，这一行为多么正当啊！但是，希尼退回美术馆中看到的却是戈雅的名作《五月三日的枪杀》——

> 他用拳头和肘部来画，挥舞
> 他心中的染色披风，一如历史所要求。

这是一个间接的现实参与者形象。希尼"不激进"的表现显然遭受到他的同胞们的指责，但是，用希尼自己的话来说，一个诗人必须"尝试一种在观照环境之时又超越其环境的写作方式"，由此"生发出我一直所称道的诗歌的纠正的力量"。紧接着，希尼也意识到："从那一刻起，诗歌的问题开始从仅仅为了达到满意的语言指谓变成转而探索适合于我们的困境的意象和象征。"

希尼坚持出现在他诗歌中的形象是普通人——活生生的、有血有肉的人，正因为如此，他们在历史和血腥暴力中的命运才更令人瞩目与深思。在《斯泰逊岛》这部由12首诗组成的组诗中，写到了诗人遇到的一群鬼魂：童年的伙伴、诗人、考古学家朋友、邻居等。其中两位重要的人分别是被安排在第一首诗中出现的斯威尼——一位反对基督教的乌尔斯特国王，因为受到了主教南图的诅咒而变成一只飞鸟。斯威尼也多次出现在希尼其他的诗中——以及最后一首诗中出现的爱尔兰作家詹姆斯·乔伊斯。在其中的第五首诗中，希尼的老师对他说：

　　　　因为什么是诗歌那伟大的
　　　　感动力量和源泉呢？是感情，
　　　　尤其是爱。

　　这一段话是他全部诗作的基调，而其他一些诗，则围绕这一点展开了更为复杂的思索和描述。
　　希尼在《羡慕与身份认同：但丁与现代诗人》中说，他把但丁在《炼狱》中与鬼魂的对话变成他自己这组诗的榜样。很显然，按照西方文学的描述，但丁诗中的地狱处于北半球，是由于金星的坠落而形成的一片真空，那里就是冥府和深渊；但丁诗中的炼狱则在南半球，炼狱也是一座岛屿，炼狱的顶端是伊甸园。"炼狱"这个词意即"净化"。希尼诗中的斯泰逊岛，亦称苦路岛，自中世纪以来就是一个朝圣之地，朝圣者在此斋戒，三天三夜不睡觉，赤足绕着祈祷场祈祷和忏悔。希尼在学生时代曾三次来这里朝圣，对斯泰逊岛净化心灵的象征意义一清二楚。也许他还记得但丁的诗："——罪孽是要用等量的悔恨洗净的。……对于沉沦的人，拯救他的方法只有引他去看永劫不复的鬼魂。"于是，希尼并没有找个维吉尔带领，独自经历了斯泰逊岛的幽灵之旅。这是一场涤净灵魂的旅程，诗人开始了对自我的质疑和苛刻的批判，而第一个出场的斯威尼则告诫他，在很多看似正确的选择中，"别加入任何队伍！"

三

和但丁去炼狱时遇到的反抗凯撒独裁统治、宁愿自杀也要捍卫自由的守卫者伽图一样，斯威尼是一个"安息日的违规者"，一个在原野上飞翔的自由精灵。他的话对于否认民族性约束同时又"不可避免地从民族主义制高点发挥自主的想象力"的希尼来说，无疑是一个提醒，而那些鬼魂们的出现也是对希尼一向秉持的文学价值观和道德观的拷问。

譬如曾经和希尼同为天主教徒、后来又改信新教的作家威廉·卡尔顿，他怒骂生前的天主教绿带会和新教奥兰治会是如何把他"弄糟成他们政治牛棚的说谎的老变节者"。这位凯尔特文艺复兴的先驱被叶芝称为爱尔兰伟大的小说家，被评论家们认为是"在有生之年成功地冒犯了每一个人"的人，岂不也是希尼内心不断自我争吵的另一个人？

譬如诗中还有他的童年伙伴、去热带雨林传教的基南，却是一个秉持殖民者立场、对原住民充满歧视的神父；以及反抗英国统治、参与暗杀的爱尔兰共和军中的一员、死于监狱绝食的邻居，等等，他们带出的问题，正是希尼看到的现实复杂性的一个呈现。组诗的第七首被誉为希尼最伟大的诗歌成就之一，描写了他另一个童年伙伴，无辜地死于教派冲突的斯特拉森。在这个浑身颤抖的痛苦的鬼魂面前，希尼吃惊于自己喃喃说出如下的话语：

> 原谅我那样淡漠地生活——
> 原谅我怯懦、谨小慎微的介入。

　　最严厉的责问来自第八首，两个鬼魂的谴责引发了希尼深深的自责。一位是希尼的朋友、32 岁早逝的考古学家汤姆·尼拉德的原型，另一位是希尼的表弟、诗人科拉姆·麦卡特尼。考古学家在炮弹飞来飞去的教堂遗址中挖掘，这严酷的一切都成了被打趣的谈资，而死于亲英派准军事成员枪口下的麦卡特尼则针对希尼描述贝格湖黎明时分的样子指出：

> 你看到那东西，写那东西——但不是事实。
> 你混淆了躲避与艺术圆通。
> 那个一枪打穿我头部的新教徒
> 我直接控诉他，你却间接地，
> 现在你也许是要为你那种行径
> 而在这床上赎罪，你掩饰丑陋，拉起
> 《炼狱篇》的窗帘，

用早晨的露珠来装点我的死亡。

　　毫无疑问，这是来自道德情感的起诉，受到良心折磨的诗人希尼朝自己猛烈开火。自然，斯泰逊岛的炼狱中也有温柔的鬼魂，代表着爱——这救赎的希望，但在历史血腥的现实场景里，谁能说写诗是毫无原罪的？而最后一首诗中出现的乔伊斯则对他说："你的职责不是以任何共同仪式来完成。/ 你所作所为必须独立独行。"他劝慰希尼，要为了写作的快乐而写作，不要急于忏悔，应该松开手，忘记这一切，做好你自己的事情。和第一首诗中斯威尼的话相呼应，乔伊斯似乎在为希尼心中的另一个声音辩护，那是坚定维护个人自由和艺术独立性的声音。对于希尼来说，艺术使命与对历史、故乡、信仰和族群分裂的忠诚复杂地集于一身，这一切，都在他这两本厚厚的诗集中被精确地呈现。

　　批评家耿占春在《一场诗学与社会学的内心争论》一文中，曾谈到过他在思考"对文本的关心与对历史语境的关注、对日常真实的关注与历史的批判性想象力等问题"时内心的冲突与紧张状态，或许，希尼自己的话更能说明他对各种伦理道德的、美学的、历史经验的态度——"需要这样一种诗歌，它将无愧于我以前给出的对于诗歌的定义，也即作为一种'忠实于外部现实的冲击，敏感于诗人生命的内部规律'的秩序而存在。"

2018 年 5 月

辑 **二**

骑一首诗
去伊斯法罕

他们交换黑暗的词

桥栏是浅绿色的。春天的塞纳河是深绿色的。高大的悬铃木在河的两岸默默伫立。

两个巨大的桥墩，一边是十多米高的海神塑像，一边是富饶女神手持利斧的塑像。桥头的大理石上刻着诗人阿波利奈尔著名的诗——《米拉波桥》。我趴在桥栏上伸头朝下望，塞纳河水依旧滚滚流淌着。有一瞬间，我觉得有点晕眩，不禁抓紧了栏杆。

41年前春天的一个夜晚，保罗·策兰（Paul Celan）就是从这里纵身跳下去的。

"20世纪最复杂、深奥的诗人"，"里尔克之后最伟大的德语诗人"，这几乎是世界文坛对策兰的普遍性评价。我从来不会背诵自己的诗，也记不住别人的诗。唯一能背诵的，就是策兰的《死亡》。这首诗是在他自杀前二十天去医院探望临终的朋友之后写的。在这首诗里，已经被精神疾病折磨多年的他，流露出对死亡热切的渴望——"让我作一根苇茎，如此健壮，让它喜欢"。每每背到此句，我都会痛心不已。

1920年11月，保罗·策兰出生在一个讲德语的犹太人家庭。他的故乡布克维纳，第一次世界大战前隶属奥匈帝国，大战结束后又隶属罗马尼亚，"二战"时被苏联和德国占领，1947年后则隶属乌克兰。五年后，在奥地利的克拉根福特，一个女婴也诞生了，她就是日耳曼人英格褒·巴赫曼（Ingeborg Bachmann）——日后同策兰一样在世界文学界赫赫有名的诗人、女作家。

我在策兰和巴赫曼通信集《心的岁月》一书中查看两人的年表时，注意到巴赫曼的父亲1932年加入纳粹党，1939年应征入伍。而策兰的父母亲则在三年后的1942年，被送进了位于乌克兰米谢勒夫卡的德国纳粹集中营。就在那里，策兰的母亲被纳粹打穿了脖子死去，他的父亲也病死在集中营里。带着这样的历史背景，策兰和巴赫曼于1948年5月16日在维也纳相遇并相爱了——斯时，策兰是逃亡的罗马尼亚难民，被追杀的犹太人，而巴赫曼是维也纳大学的哲学博士生。

有一篇文章记载过策兰一位朋友对他的描述："身材修长，黑发黑眸，一个不苟言笑具有诗人气质的英俊小伙儿。他比较沉默，杏仁脸，嗓音悦耳温柔，声调抑扬顿挫。他幽默犀利尖刻，又往往和蔼可亲。"再看巴赫曼年轻时的照片，她有着饱满又明亮的前额，深邃热情的眼睛，嘴角的微笑纯净而迷人。这样的两个人会面，使我想起俄罗斯诗人、诺贝尔文学奖得主帕斯捷尔纳克给女诗人茨维塔耶娃一封信中写到的："——我要出门看看，当一个诗人呼唤另一个诗人的时候，天空会发生什么样的变化。"

有研究者指出：巴赫曼和策兰的爱情关系具有一种"示范意义"，这是因为，人们可以借此"了解到这两位重要的德语诗人之间的关系与历史维度。这是关于奥斯维辛之后的作家写作问题秘密的典型文案"。

　　就在巴赫曼与策兰相遇后的第四天，巴赫曼给自己的父母在信中写到了"极具魅力的""那位超现实主义诗人保罗·策兰"。三天之后，策兰把自己新写的一首情诗《在埃及》赠送给巴赫曼，由此开始了他们长达一生的通信。

　　21岁的巴赫曼和27岁的策兰之间的感情，掺杂了太多复杂的因素。这些因素导致双方的情感在未来岁月的遭际变化莫测，迂回纠缠，他们再也无法从彼此的生命中分离。其一，在遇到策兰的前一年，巴赫曼和维也纳的"文学教父"汉斯·威格尔保持着松散的同居关系，这种关系在遇到策兰后仍然继续维持了一段时间。其二，从巴赫曼的角度讲，除了她父亲是纳粹军队中的一员、她对犹太人饱含歉疚之情，对策兰的才华的仰慕是这场爱情最初的催燃剂。刚到维也纳的策兰带着他的老师斯伯波写给作家巴塞尔的推荐信，斯伯波对策兰的评价是"德国新一代最有原创性最明白的诗人"。在认识巴赫曼之前，维也纳文学界的一些人就已经开始盛赞他是"奥地利及德国最伟大的诗人"。

　　"请别忘记，因为你的诗歌我才写作。"巴赫曼在一封信中对策兰说。这是事实。尽管在他们相爱的初期彼此的通信很密切（策兰于1948年7月抵达巴黎），但大多时候是巴赫曼更为热烈，而策兰则稍显沉默和被动。有论者分析，策兰送给巴赫曼的第一首情诗《在埃及》，暗示了这个亲爱的"异乡女人"和三位有着犹太姓名女性的不同和微妙的影射，读者也能从中感觉到犹太人的身份像永恒的苦难和屈辱深深镌刻在策兰的心灵之中，以至于从一开始他和巴赫曼的爱就异于常人的爱情——巴赫曼是作为一个"被爱的人与语言的集合体"，"作为与死者联系的中介"而存在的一个纪念性人物被策兰爱着。策兰在信中对巴赫曼写道："你也知道，当我与你相遇时，你对我来说既是感觉也是精神，两者都是。它们永远不能分开。"即便如此，巴赫曼对策兰疏于回信也颇有不解，对此，策兰的回答则是请求她要有耐心、安静和满足，他的理由是："这些建议后面有着一种多么沉重的经历！"

很难说清楚那个时期分居两地的策兰和巴赫曼为何会有那么多误解和猜忌，时代的悲剧一定将瘟疫般的伤害渗透进他们的生活，才导致这样的后果。策兰甚至写信要巴赫曼归还策兰母亲留给他的戒指，这使巴赫曼感到无比伤心。这种情形一直持续到策兰于1951年遇到了后来成为他妻子的吉赛尔。……一种奇特的情感和对对方深沉的理解，使巴赫曼和策兰在忽而疏远、忽而亲近的情形下不断调整着他们的联系——通过信件、明信片、电报、赠诗、赠言等。一直到1957年10月之前，两个人的关系基本像友谊一样保持着，其间策兰和吉赛尔结婚，两年后长子出生便夭折；而巴赫曼则和汉斯·亨策同居，并先后在伦敦和罗马居住。那段时期，策兰出版了给他带来巨大声誉的《骨灰瓮之歌》《罂粟与记忆》《门槛之间》等诗集，里面收入了他早期写给巴赫曼的很多情诗；而巴赫曼出版了诗集《大熊星座的呼唤》《延期偿还的时间》，并获得了不莱梅文学奖。然而，1953年，德国已

故诗人伊凡·戈尔的妻子写信给德国的电视台、出版社，指责策兰剽窃戈尔的作品，这个事件给策兰带来了极大的伤害——它被当时德国的"反犹排犹"势力大肆利用，已经开始超越对策兰个人的攻讦，变成了使纳粹迫害犹太人合理化的手段和阴谋，这令策兰承受着巨大的压力和悲愤，也是最终导致他精神崩溃的重要原因。此前，尽管策兰有时沉默、有时不回信的失礼令巴赫曼伤心和猜忌，但她自始至终都坚定地支持并维护着策兰的声誉，尤其在"戈尔事件"发生后，巴赫曼"为策兰做了她所能做的一切"，包括和多名作家一起签名，在报刊上公开发表对攻击策兰剽窃的反击文章；当皮榫尔出版社未把翻译阿赫玛托娃诗歌的工作交给策兰，而是给了纳粹歌曲的作者时，巴赫曼愤而辞职。

1957 年 10 月 14 日，巴赫曼和策兰在科隆乌培塔尔会议上重逢，两人重新恢复了恋人关系。这次重逢奇异地改变了此前两人在关系中的位置——策兰接二连三给巴赫曼写了多首令人动容且沉重的情诗，而巴赫曼则要冷静得多，因为那个时候的策兰已经有了妻子吉赛尔和孩子。当策兰请求巴赫曼"为你把那人的犯罪感去掉……你必须给我写信"时，巴赫曼的回应却是"我要保留这句话：你不可以离开她和你们的孩子"。

在《心的岁月》一书中，亦收入了策兰妻子吉赛尔和巴赫曼的通信，从中不难看出吉赛尔对策兰的爱和理解，而巴赫曼与吉赛尔之间的相互尊敬、相互信任和依赖，也让我们得以一窥人间高尚心灵的美和辽阔。进入 20 世纪 60 年代后，"戈尔事件"对策兰的迫害还在持续，巴赫曼善意地希望策兰尽快走出"受害者"的阴影，对此事置之不理，但策兰却愤怒地给予了

"绝交"的回应，不过，他很快就写了第二封缓和的抱歉信。那些年，用译者王家新的话说，"他们就是在这种彼此伤害又互相需要的情形下度过的。"——这更加证明了他们的感情有着文学史的意义，因为我们作为局外人看得很清楚，时代背景和复杂的社会关系背景是如何作用于私人的情感生活的。

策兰悲惨的遭遇，加剧了他的精神焦虑。他和巴赫曼都曾接受过精神治疗，尤其是策兰，多次住进精神病院，身体每况愈下，他的诗歌也越发晦涩和决绝。1970年4月20日夜，49岁的策兰独自离开寓所来到塞纳河，从米拉波桥上跳了下去，十余天后警方在塞纳河下游找到他的尸体。策兰的死讯使世界文坛震惊。接到吉赛尔悲痛欲绝的来信后，巴赫曼在自己的长篇小说《马利纳》手稿中写道："我的生命结束了，因为他在被押送的途中溺死在河里，他曾是我的生命。我爱他胜过爱我自己的生命。"三年后的10月25日夜，巴赫曼在罗马的寓所突然遭遇了一场大火，她因这场火灾而丧生，年仅47岁。

——结束了，这漫漫长夜，这持续一生的对话。结束了，在那些日子里：

> 我们互看，我们交换黑暗的词，
> 我们互爱如罂粟和记忆，
> 我们睡去像酒在贝壳里。
>
> ——（《花冠》 策兰写给巴赫曼的诗）

2013年9月

普拉斯：灵魂的表姐妹

一

在写下这个近乎肉麻、平庸和异样的题目后，我犹疑了两分钟，最终确定没有什么比这几个字更能准确地描述我对西尔维娅·普拉斯（Sylvia Plath）的看法时，我决定不再修改。

说实话，30 岁以前，我从来就没有喜欢过普拉斯。我不喜欢，我带着几乎算得上是轻度厌恶的心理，在很长一段时间里拒绝谈论这位享誉世界的女诗人。

最早买到《美国自白派诗选》时，我还在大学读书，这本诗集里收入了迄今为止汉语出版物对普拉斯翻译最多的 28 首诗。那个时候，我的练习册上写满了阳光和田野的诗行，我的笔像最辛勤的农妇在想象力和词语的田垄上耕作，自然是一片和谐的音乐在时光的金色麦地里回响。当我翻阅普拉斯的诗，那些充斥着死亡、高烧、自杀、癔语和梦魇的字眼儿，令我心烦意乱。偶尔，赵琼和岛子翻译的几个句子会吸引住我，但很快，出于对否定生命的话语本能的抗拒，我扔下这本诗集，转而捧起希门内斯、雅姆——在他们的诗句里，有辽阔而深沉的对生命和爱的祝福和安慰，即便他们在写痛苦和孤独时也依然如此，而这正是我喜欢和需要的。

那几年，国内相当数量的女诗人的创作被批评家们戴上了"深受美国自白派诗风和普拉斯影响"的帽子，对此，我有些将信将疑。我读她们的诗并和普拉斯作比较，我弄不清楚到底是每个女诗人受自身经验的影响更大，还是受普拉斯"黑暗意识"的影响更大。那时我刚二十出头，远远不具备阅读的判断力。对于"流行"的警惕，也使我自觉地避开普拉斯——诚实地说，在我自己长达近30年的诗歌写作中，几乎没有受到过这位惊世骇俗的女诗人的影响。

24岁那年，我看到了国内最早出版的普拉斯的长篇小说《钟形罩》——这个版本现在市面上几乎绝迹。对普拉斯身世的好奇，也因为热爱诗歌的缘故，我买下了这本装帧设计有点艳俗的书籍。光看封面，它更像是一部通俗的言情小说，而不是一本诗人的作品。由于以前阅读普拉斯诗歌留下的印象，这部近乎是她自传的小说我大约只读了三分之一就放弃了。它安静地回到我的书架上，和各类传记书籍放在一起，进入漫长的休眠期。它延续并增强了我对普拉斯的看法：不幸的命运，被噩梦牢牢控制的大脑，分裂的内心，对死亡的迷恋。这些，对于曾拥有一个幸福童年的我来说，陌生而混乱，仿佛阵阵持续的、尖利刺耳的声音让人备受折磨，不得安宁。还有一个使我放弃继续阅读这部小说的原因：我认为普拉斯的诗歌成就远远超出了她的小说。或许，相比之下，我更喜欢其他女诗人，诸如芬兰的索德格朗，美国的狄金森，智利的米斯特拉尔，俄罗斯的阿赫玛托娃和茨维塔耶娃，以及波兰的辛波斯卡等。至少，这些女诗人不像她那样自称把自杀当成"一门艺术"，茨维塔耶娃的自杀显然有着更明显的社会政治背景，但这并不是唯一的因素，因为一个人对生活的绝望肯定不会那么简单。

此后的十几年里，每当别人谈论普拉斯的时候，我基本上保持沉默，一直到我看见 1966 年 BBC 在录制普拉斯最新作品后进行的访谈，这才重新唤起我对她的注意。在那份访谈中，提问者彼特·沃尔问她早年刚开始学习写诗的时候都写了些什么时，普拉斯回答说："我想是大自然吧：鸟啦、蜜蜂啦、春去秋来等，一个没有任何内在经历可写的人所具有的天赋主题。我想，春天的来临、头顶的星星、初雪飘落等是儿童、年轻诗人的天赋题材吧。"

毫无疑问，这也是我作为一个诗人，对诸如此类问题几乎完全一样的回答。

这个发现令我大感迷惑和震惊。

因为很难想象，一个对大自然和生命拥有如此敏感、抱有如此热爱的人，最后怎么会一次次自杀。我无法理解和我同样从"热爱"这个词出发的普拉斯，如何狠得下心来抛弃两个年幼的孩子，决然走上不归路。

进入 21 世纪后，在某次诗会上，著名诗人多多说到普拉斯，他用一种谈论女神缪斯的口吻说道："普拉斯，那种爆发力，那种绝对的力量——'从灰烬里，我披着红发升起，我吞吃男人就像呼吸空气！'……我非常感谢岛子（译者），我们在一起时曾彻夜谈论普拉斯。"

我吃惊地盯着多多，似乎被他的话吓着了。

最近几年，我开始更多地阅读普拉斯的诗歌，慢慢体会到她的战栗和恐惧——这些以前对我来说极其陌生的感受，如今越来越被我所熟悉。是的，我熟悉它们如同熟悉使我感到自身存在的阵阵剧痛。她爱的方式，绝望的方式，像年久的潮气慢慢渗进我的意识中，并和我内心阴郁的体验汇合——这既是女性所特有的、幽深的秘密，也是诗人之间心灵互通的秘密。但是，我明确地知道，我们依然是不同的。这就是为什么我无法把她当作"亲姐妹"而只是认为"表姐妹"的原因。这种奇怪的感觉，在我看过电影《西尔维娅》后稍微有些改变。在那部记叙普拉斯生平的电影中，我印象最深的镜头是一个裙子飘荡、充满青春活力的美丽女生，骑着自行车在校园的小路上快速滑翔，仿佛可以毫不费事地摆脱重力、自由地飞起来。那是一个健康灿烂、略带羞怯的女子，有着一张让人信任和迷恋的脸庞。

前不久，在接到译林出版社快递来的2007年版的《钟形罩》后，我决意重新阅读这部自传体小说——带着作为女诗人某些方面特殊而模糊的认同感，带着对一位不可忽略的诗人精神世界探询的严肃愿望。

二

我承认，这次阅读给我带来颠覆性的震撼。我为以往对普拉斯的偏见感到惭愧，对相当多先入为主、道听途说的印象和判断感到不安。书中有很多章节，我会在心里对自己说："是的是的，就是这样。"或者，"没错，我也有同样的感受，正是如此。"

如果这本书真如美国批评家洛伊斯·艾姆斯所言，"是以西尔维亚·普拉斯早年生活经历为蓝本"而创作的小说，那么，我在阅读的时候几乎把女主角埃斯特等同于普拉斯应该不是什么过分错误的事情。在对普拉斯其人和其作品价值的评判中，我更多地注意到她作品中透露出的私人生活与社会的关系、引起女权主义极大关注的原因和其精神状态的真实性这三个方面的内容。

当很多人至今还认为普拉斯的作品停留在抒发个人情感、爱情的幻灭、精神分裂等私人性的经验表达时，我不得不说这是多么巨大的谬误。

《钟形罩》开头就写道："那是一个古怪的夏天，天气闷热不堪。那个夏天他们把卢森堡夫妇送上电椅，而我不知道自己赖在纽约干什么。"

这段话将当时一起震惊美国乃至世界的"间谍案"与普拉斯的个人生活建立起某种意味深长的联系。普拉斯在接下来的描述中写出了对死刑和电椅的看法："对于死刑我有些愚蠢的想法。一想到电椅我就觉得恶心。"

普拉斯在接受 BBC 的访谈时，被问及她的《爸爸》一诗涉及了达豪和奥斯维辛集中营，以及希特勒的《我的奋斗》一书，采访者彼特·沃尔甚至非常惊诧地对普拉斯说："我的感觉是，这样的诗是一个真正的美国人不可能写得出来的，因为在大西洋彼岸，这种事并不意味着什么，这些名字也无多大意义，是吧？"

对此，曾有过一个德国裔父亲的普拉斯明确地回答："你现在这样讲是把我当作一名一般的美国人。我的特别之处在于，我的背景可说是德国和奥地利……所以我对集中营等事件的强烈关注是与众不同的。再说，我还是一个非常政治化的人，所以我估计这也是之所以如此的部分原因。"从这一段话不难看出，普拉斯不仅仅在诗歌中和把个人经验与时代的事件对生活的影响联系起来，在小说中她做得也同样诚实。《钟形罩》开篇从卢森堡夫妇被处以电刑写起，拉开了这位女诗人坦率而令人惊悚的对于生命之疼痛、肉体之折磨、死亡之恐惧、精神之撕裂的内心展示。电椅在这篇小说中出现过不多几次，伴随着对女主角实施痛苦的电击休克疗法，我在普拉斯笔下读到了人性的冷酷和残忍对广义的人类到具体的个人的残害，它从精神到肉体摧毁了人对于人的信任、爱和获救的希望。"人对人就是豺狼"，这句来自参与过"二战"的美国诗人贾雷尔的诗句，准确而令人心碎地道出了他对人性和人类感到绝望的心声，我想，这大约也正是普拉斯想要表达的。譬如：出于对纳粹主义的恐惧，她在小说中甚至对母亲童年的语言——德语，表现出失忆般的拒绝。

1953 年 6 月 19 日，关押在美国监狱达三年之久的卢森堡夫妇被押赴死刑室，在电椅上被处死。美国政府指控认为，卢森堡夫妇曾向苏联提供了原子弹制造机密，这对夫妇的行为构成了"叛国罪"，成了"爱国主义"的敌人。很显然，普拉斯对政府的行为充满厌恶，这一点在小说中一览无余。她将个人生活中的伤害与国家意识带给具体个人的伤害一起纳入控诉之列，对此，当时就有劳伦斯·勒纳在《听众》中写道："精神病人也能像一般人一样批评美国，也许他们更擅此道：卢卡斯（普拉斯的笔名）小姐的批评相当漂亮。"在《钟形罩》中，卢森堡夫妇被处死的当晚，和女主人公埃斯特一同参加某时装杂志征文比赛获奖的时尚女郎希尔达对这个消息的反应是："让这种人活着真是太可怕了。"埃斯特看见她像猫一样打着哈欠张开的黑洞洞的嘴继续说："我真高兴他们要死了。"这句话在短短的一千字里重复了三遍，看得出普拉斯对人性差异的天壤之别该有多么震惊。而从小说里提到的报纸，也能洞察当时美国社会的冷漠：几乎所有的报刊都充斥着谋杀、殴打、色情、抢劫的新闻，但是，深受知识分子推崇的《基督教科学箴言报》，则完全不见飞机失事、凶杀、性犯罪等内容，似乎这些事情从来不曾在世界上发生——知识界普遍的心灵麻木更加可怕。

"人是关系中的存在"，这一不知道被多少人引用过的名言，依然是一句大实话。作用于人的关系的各种因素，不仅仅局限于各个对象之间的互动；扭曲的意识形态、民族主义、国家制度、宗教文化等看似抽象的隐形人，都会把它们直接或者间接的爪子，伸进人与人关系的连接处，牢牢控制或影响着人们的情感和精神世界。不客气地说，这或许就是毒害人类心灵的最根本原因。从这个意义上讲，《钟形罩》一书最让人震撼的恰恰是普拉斯笔下人与人之间错综复杂的关系在具体社会背景中向读者呈现出的悲哀和绝望。在整篇小说将要结束的时候，她写道："对于困在钟形罩里的那个人，那个大脑空白、生长停止的人，这世界本身无疑是一场噩梦。"

三

很多人倾向于诗人休斯对妻子的背叛是导致普拉斯自杀的直接原因。

或许是。或许不完全是——它仅仅是促使普拉斯自杀的原因之一。热爱普拉斯的人们，把休斯视作刽子手，并多次把普拉斯墓碑上刻的夫姓刮掉。那么，普拉斯到底为何自杀？女权主义者的指责是否有道理？

她有一句著名的诗："死，是一门艺术，所有的东西都是如此。我要使之分外精彩。"在这首题为《扎拉勒斯女士》的诗中，她告诉读者：每十年她就会尝试一次自杀。第一次是在她十岁的时候，那是一次意外的事故。但第二次她便"存心干到底"。在现实生活中，普拉斯第一次自杀发生在20岁的时候，而从大量研究她的文献中可以得出结论：在她九岁时，父亲的离世给她带来沉重的打击，可视作她第一次接触到死亡的经历。在《钟形罩》小说里，埃斯特遭受初恋情人的欺骗——她深爱了五年的巴迪·威拉德，这个健康英俊、对老人和父母温厚和善的耶鲁医科生、被所有人认为是"优秀正派的模范青年"，瞒着埃斯特在整个暑假期间与酒店女招待睡觉鬼混，同时还和另一个名叫琼的女生约会，这一切带给对爱情充满幻想的少女埃斯特毁灭性的打击。没有什么比一觉醒来发现自己曾喜欢过的人是一个龌龊不堪的伪君子更叫人崩溃的事情了。巴迪玷污了她的初恋，也令她开始对所有的男人产生深深的幻灭感。埃斯特住进精神病院后，琼也紧跟着进了精神病院。巴迪居然厚颜无耻地问埃斯特："我身上是不是有什么东西叫女人发疯（亦有神魂颠倒的意思）？"埃斯特纵声大笑，轻蔑地回答：绝对和你没有关系。不幸的是，在埃斯特出院的前夕，琼上吊自杀。普拉斯像个女先知，在小说中预演了她死后发生的事情——休斯背叛她并和她的女友阿西亚有染，在普拉斯自杀六年之后，阿西亚在先杀死和休斯所生的四岁女儿舒拉后，和普拉斯一样采取煤气自杀的方式身亡。这种明显的模仿行为，是不是隐含着对休斯决不饶恕的诅咒呢？另一个对于普拉斯来说至关重要的男性——普拉斯的父亲，曾是家庭的暴君，普拉斯对他既仇恨又依恋。这种爱恨交加的关系，也一直影响着她成年后和男人的相处方式，而休斯的移情别恋则更加剧了她对爱情和男人的绝望。

在《钟形罩》里，埃斯特在纽约一个月的经历，遇到的男人不是浪荡公子就是仇恨女人的渣滓，一个叫马科的家伙为一句话就野蛮地把埃斯特痛殴一顿，打得她满脸淌血。"母狗"，这是他对女人的称呼。埃斯特毫不怀疑自己的文学天分，她直言：我要成为一个诗人。但是，在经历噩梦般的纽约实习生活和男友的背叛后，她暗中期盼的写作培训班并未录取她，这无疑截断了她渴望通过创作施行自我拯救的道路。这也是普拉斯的真实经历——20岁那年，她陷入几乎要崩溃的精神危机，而控制欲极强的母亲，并未带给她真正的安慰，在她吞下药丸自杀未遂后，立即把她带到了精神病院的休克电疗床前。小说中的戈登医生是个冷酷无情的家伙，对待埃斯特犹如对待没有情感灵魂的动物。埃斯特处处遇到男人世界加诸她的伤害，和普拉斯的经历如出一辙——对于她来说，男人之残忍远远超过他们对女人短命的激情。

一些女权主义者经常会以普拉斯的例子声讨男权意识，并不是没有道理。无论从小说还是普拉斯的亲身经历看，成为男人的附属品显然受整个社会的默认和鼓励。而对于普拉斯和有平等意识的女性来说，生养孩子、繁重的家务事，得不到尊重的劳动都对她们构成了赤裸裸的剥削和侮辱。"一想到要以任何一种方式为男人服务，我就愤愤不已。"小说提到了一份剪报，上面有一篇题为《捍卫贞操》的文章，是一位做了母亲的女律师所写。普拉斯表示："照我看，这篇文章什么都谈到了，就是没有谈到过女孩子的感受。"其厌恶反感溢于言表。在小说中她借埃斯特之口控诉道："女人只能有一种生活，必须清清白白，而男人却可以过双重生活，……这种想法我没法接受。"在实际的家庭生活中，普拉斯承担了绝大多数的家务工作，包括照料孩子、洗衣做饭、收拾花园，还要工作和写作——近半个世纪过去了，这一幕仍然是当下众多职业女性的现状。美国女诗人埃里卡·琼写道："为什么死亡往往是女诗人的命运？我们是不是为了译笔的优越而处罚自己？我们是否以结束生命来结束这优越？我们难道在心中早已拟定了这项游戏的刑罚规则？我不相信西尔维亚·普拉斯的自杀是她自己的选择。我仍然记得，女性诗人在一个由男性制定规则的文学世界中存活，有多么艰难。"

当然，我完全同意她的说法。普拉斯对于男权意识的反抗，也包含着对强权政治、无视带给他人痛苦的陈规陋习和人性麻木的反抗，这一切在小说中以某种可怕的幽默风格进行了展现。而"吞吃男人"的刀子般的犀利，则在她的诗句里俯拾即是。至于有人说普拉斯喜欢死亡，更是对生命的羞辱。她渴望可以完全信赖的爱情，渴望骨肉亲情，她不想死——否则便无法解释即便周围没有任何人能够认真对待她的绝望和战栗的情感，她也愿意接受残酷的休克电击疗法以求康复；也无法解释她为何在自杀前不久租下了心仪的诗人叶芝的旧居，并签下五年的合同这一事实。在小说里，能够早一天走出精神病院是她最大的梦想。美国汉学家、诗人徐贞敏对我说："找死？——不对！普拉斯爱生命，爱自己的孩子，自杀的时候她细心用湿毛巾塞住了厨房的门窗，怕煤气泄漏进孩子们的卧室。她把饼干和牛奶放在女儿的身边……"令人痛惜的是，比活下去的念头更强大的绝望的轮子，碾碎了女诗人的脑袋。

　　有一个现象或许不能忽视：来自女性的伤害同样触目惊心。小说曾写到埃斯特极其信任的一名叫诺兰的女大夫，也曾给她带来的沉重打击——女大夫曾许诺，或许不会再给埃斯特施行休克电疗。但是，一天早上埃斯特醒来，发现这又是一个谎言时，她崩溃了。她痛苦地蜷缩在角落，用毯子蒙上了头——"叫我震惊的倒不是休克疗法，而是诺兰大夫，她竟无耻地背叛了我。我喜欢诺兰大夫，我爱诺兰大夫，我把我的信任拱手交给了她……"某天深夜，读到这里时，我感到背脊发冷，泪水辛酸地涌出。普拉斯对她接受休克治疗做过如下记录："这是一段黑暗、绝望、幻灭的时日——其黑暗只有人类思想的炼狱可比——象征性的死亡，令人麻木的休克治疗——然后是缓慢而痛苦的身体和心理的重生。"同为女性，埃斯特的母亲言行中无法掩饰对女儿的失望和厌弃，普拉斯的母亲在她死后依然认为《钟形罩》这本书"代表的是最令人不齿的忘恩负义"，虽然"这并不是普拉斯的基本为人"，可以想见普拉斯周遭人际关系的无情和冷漠。所以我认为，是生活中多次遭受的欺骗和伤害，最终导致了普拉斯对人彻底的绝望，或许，这才是她自杀的真正原因。

四

死亡和女性立场，虽然这是很多研究者都密切关注的普拉斯作品的两大主题，但在谈论普拉斯自杀的时候，人们多用"精神分裂"来描述导致这一悲惨后果的原因。普拉斯何等聪慧，生前就干脆自嘲地称包括自己在内的、住进精神病院里的人是"疯子"。抑郁症，这个越来越多出现在我们周围的词，意味着一种可怕的隔绝。"精神病"或者"抑郁症"这种命名，本身就包含着对那些饱受精神痛苦折磨的人的潜在歧视。每一个被这些命名替代了的活生生的个人，都意味着他不再是正常人。人们对待他们的态度就像扫垃圾一样，希望尽快把他们扫出正常的人类社会。

回到作为诗人的普拉斯的身份，一般的读者如果没有充分的阅读准备，很难读得懂她的诗歌。但是，如果在读过《钟形罩》后还有人把普拉斯称作疯子的话，我会把他视作蔑视人类情感和践踏人类智慧的敌人——普拉斯绝对不是一个疯子。

她身高大约177厘米，穿38码的鞋，腿长貌美如玉树临风，有着一双迷人的眼睛。按照小说里的说法，她最不擅长的是烹调，还有速记——这是多数女孩子体面的谋生技能。但是，她却比男生更擅长赢得奖学金和奖品。她8岁开始写诗，画一手漂亮的钢笔画，18岁发表第一篇小说，并在大名鼎鼎的《基督教科学箴言报》发表诗歌。赢得奖学金对她来说犹如囊中取物；大二的时候作品就开始在报刊获奖，在校园里她是优秀的学生，成功入选班委会、校学生会，并且是《史密斯评论》的编委会成员。"十五年来门门功课拿优。""在一整年里我一道考试题都没有答错过。"小说中的埃斯特最不喜欢的物理课居然也拿了个优，是全年级唯一一个得优的女生，连老师都觉得不可思议。生活中的优等生普拉斯以最优异的成绩从史密斯学院毕了业，并获得一份资助赴剑桥进修。在她和休斯一同返回美国后，她被同事誉为"史密斯学院英语系建系以来最出色的两三位指导教师之一"。她的聪慧和能力远远超出了大多数的同辈人。

如果从小说中寻找线索，我们知道，普拉斯在《钟形罩》这部小说问世后三个星期就自杀身亡，但是哪怕最挑剔的读者也能看出，整部小说缜密的结构、叙述细节精心的处理，包括人物言行无懈可击的逻辑发展，都告诉我们，我们面对的是一个智慧超众、观察力敏锐、感受极其细腻、具有非凡语言控制力的作家。普拉斯出人意料地用一种幽默荒诞、充满讥讽喜剧色彩的手法来表现悲惨的主题，仅凭这一点她就比很多作家胜出一筹。小说里女主角埃斯特处心积虑地寻求割腕、溺水、服药、跳桥等自杀的方式，她巧妙地藏起医生遗落的火柴、趁进城偷偷去医院"戴子宫帽"、打电话让既猥琐又伪善的白痴教授欧文付账单等过人的机敏，都使读者无法将主人公或者作者认同为丧失理智的"疯子"。"疯子"——人们用来称呼那些遭受不幸而无法继续忍受痛苦的人。自杀的凡·高、伍尔夫都曾被人称作是疯子，但凡·高曾经真的开枪想打死自己的好友画家高更，而诸如伍尔夫、普拉斯、安妮·塞克斯顿这样的女性则只能毁灭自己。将"疯狂"和"天才"画上等号，几乎是一个居心叵测的阴谋，因为它完全无视创作者们为自己热爱的事业所付出的巨大的心血、辛勤的劳动和赤子般的情感——为了准时完成萨克斯顿基金会资助项目《钟形罩》的创作，普拉斯顶着巨大的压力、忍受着心中的创伤，在规定时间内完成了这部小说，其间"她经历了一次流产和一次阑尾炎手术，还生下了她的第二个孩子尼古拉（奥瑞利亚·普拉斯）。"这样一个守信、对自己有要求、创造力旺盛的女性，能是个"疯子"？——我期待着，如果能够在某一天看到普拉斯的诗集以中文出版，相信读者对这位个性鲜明、命运悲惨、诗风独特的诗人会有更为准确的判断。

在整个阅读的过程中，似乎始终有两个完全不同的我私下在和普拉斯说话。每当小说中埃斯特面临死亡时，书中就会出现"我存在。我存在。我存在"这样类似"救救我"的呼喊。这个时候，我就会痛苦酸楚地劝她道："低头吧，为了活下去。"反之，当埃斯特以她锐利的眼神洞悉尘世男女各种卑劣虚伪的念头和麻木昏庸的生活时，我亦会赞同说："是的是的，你是对的，不要屈服。"小说描写埃斯特在电影院看到"四周那一排排的小脑袋，脑袋前部清一色泛着银光，后部则一律笼罩在黑魆魆的阴影里，他们看起来像一群不折不扣的白痴"时，埃斯特突然感到强烈的反胃，以致冲出电影院在出租车上狂吐不止——这便是那些愚昧麻木的人们在普拉斯的内心最真实的反映。

在某些读者眼里，埃斯特或者普拉斯是典型的对接受"社会化过程"持反抗和怀疑态度的人。她们一般被视作不成熟、任性、乖戾、甚至神智昏乱的人，而那些"识时务""人情练达、世事洞明"的人们，则意味着成功、是受人欢迎的道德榜样。但这些世俗的标准怎能让普拉斯这样一个内心骄傲、"专注于宗教信仰般的文学批评和对伦理的虔诚"、期待自己"有朝一日写出伟大作品"的诗人弯腰屈膝呢？她绝对不会为此降低自己的尊贵。一点也不。

对于《钟形罩》这部小说，普拉斯自己说："我想它会展示一个面临精神危机的人那种与世隔绝的感觉……我试着透过一只钟形罩子歪曲视像的凸形玻璃来描述我的世界以及其中的人们。"而对我来说，无论是她的小说还是诗歌，都在为我内心的某种信念增添力量，当出现诸如人们对你要求表演"来，给我们笑一个"的时候，它便会使我平静地微笑回答："不。"

不。不。不。——即便面对死亡。

亲爱的西尔维娅·普拉斯，这是我和你的不同之处。

2011 年 6 月 11 日

骑一首诗去伊斯法罕

好吧，我愿意谈一谈塞斯·诺特博姆（Cees Nooteboom）。如果我没有猜错，此人或许就是德国汉学家顾彬推崇的那个有可能获得诺贝尔文学奖的荷兰作家。顾彬在接受育邦采访中提到过他——70多岁，写游记的小说家和诗人，在德国大受欢迎，"如果下次有人得诺贝尔文学奖，我觉得应该是他"。

如果有人读过赫文·斯定、读过托尔·海雅达尔，或者近在身边的徐霞客，当然包括史蒂文森，那么我们就可以知道真正的"游记"是什么，更不要说诸如心在感受之魔毯上飞翔的谢阁兰了。这几位代表不仅仅有着极其专业的职业身份（考古学家、人类学家、探险家、诗人、小说家），而且，他们的作品中有大量的第一手资料和以原创性为第一要务的文字记录与表达。这和 Lonely Planet 类的攻略、归于百度和谷歌名下的资料、人云亦云的抒情感悟不可同日而语。塞斯·诺特博姆毫无疑问应属于那些最具创新意义的作家——他曾获得过包括 P. C. 胡福特奖、飞马文学奖、奥地利欧洲文学国家奖等荣誉，在中国也出版过长篇小说《万灵节》和《仪式》，前者曾被德国一家报纸评为 20 世纪最伟大的 50 本小说之一。

他忽而出现在遥远非洲的冈比亚河上，忽而徜徉在威尼斯水波粼粼的街头，要不就是在去波斯腹地的路上。追逐异国情调并非他的兴趣，观察人与人之间因文化带来的差异才是他真正感兴趣的，而在遴选目的地的时候，这位诗人一贯的做法更是特别：除了被阴差阳错抛了到班珠尔，或是绕道去圣地亚哥，他总是跟着某些杰作或者诗人的诗句抵达异乡。"我从没去过爱尔兰，但我读过叶芝、辛格和乔伊斯的作品"，于是，他踏上了阿伦岛，并在那里发现了"海贝和岩石的语言"。或者，由于里尔克、拜伦、蒙塔莱和歌德，他坐上贡多拉小船，在威尼斯如织的河汉中，聆听到普鲁斯特、罗斯金、蒙田和卡萨诺瓦等伟大作家与古老时光低声的交谈。和我们司空见惯的一群群奔向"旅游胜地、观光热点"等新世界的游客不同，诺特博姆的双脚是向后退着走，走回历史的尘埃和古老的岁月，走回一个个墓地——在苏黎世一座小教堂认出托马斯·曼墓碑上镌刻的"尚未安息"几个字，在圣米歇尔岛的墓园里拜望长眠于此的布罗茨基和庞德，抑或在阿尔卑斯山南麓的曼图亚低吟维吉尔为他的故乡写下的美丽诗句——"他们依然睡得无忧、活得坦然……"甚至在达喀尔的小书店中，他也能找到西非诗人戴维·迪·迪奥普的诗集，回想曾任塞内加尔总统的诗人桑戈尔那混合着古老非洲大陆气息的诗句。

读这本《流浪者旅店》，用不了两页便可辨出作者独特的诗人气质："我喜爱阿拉伯文手稿之美""我对任何冥想、任何玄思都一无所知，这些思考日后才会降临，就像西藏转经筒的用处""旅行，同样也是需要学习的"。他甚至在作为自序的《风暴眼之中》一文里干脆以一首短诗作为结束。每每我跟随他的笔迹，会发现他惊人的观察力——他从未把自己当成一个猎奇的走马观花者，而是把自己尽快融入异乡最具体日常的生活中，却依然可以用新的目光打量当地人熟视无睹的奇迹——在塔鲁但特古城的城墙下，他听到一只藏在木槿树深处白枭的叫声，"声声悲啼，似乎它在对着月光倾诉着琐碎小事，或者阿拉伯枭特有的苦楚"。而一个犹太老人带他从教堂出来后，进入一个隐秘的花园，并拽下一丛玫瑰花，将花瓣揉碎在他的掌心。当然，他的诗人气质不仅仅是这些。他曾孤身一人在人生地不熟的班珠尔异想天开地要采访冈比亚的总统（最后只采访到了副总统），并因没及时回避总统专车而被捕；他曾在炎热的河流上乘船而下到班塞，关注那些从美国迢迢万里来荒凉的非洲进行援助的志愿者。他两次奔赴阿伦岛，因为岛上住着提姆·罗宾逊，他被后者写过的一本书《阿伦岛之石》迷住了。罗宾逊的经历也颇有传奇色彩，因为一次出游喜欢上这座岛，他和妻子便扎下根来一住就是25年。荒凉贫苦的生活并没有使他们退缩，"他钟爱的普鲁斯特，她的维吉尔和但丁，在漫长的冬夜，一个人对着另一个人朗诵，两个人的修道院，就此缓慢地度过多年"。诺特博姆盛赞这位避世的作家："我所在的这个小岛重生了，这一次是从文字中重生。我不相信世界上还有另一本这样的书。"

古波斯曾有一个几乎家喻户晓的故事，这故事漂洋过海，在世界各地以各种方式流传，在荷兰诗人范·艾克笔下则成了一首诗。故事大意是：一个园丁大清早在花园里遇到了死神，他哀求主人给他一匹骏马，好逃到伊斯法罕躲开死神。园丁走后，主人问死神为什么要恐吓可怜的园丁，死神笑着说："我无意吓唬他，只是因为今晚我原本要在伊斯法罕索要他的命，却不知为什么清早在这里居然遇到了他。"这个谁也逃不掉宿命的可怕的故事，诺特博姆 25 年前就读到过，于是，伊斯法罕于他来说也意味着某种可怖的宿命，"在这里，死神必将追赶上你"。但是终于有一天（而且还是星期五！），他乘上了飞往伊斯法罕的航班。更可怕的是，在机场他遇到了要去慕尼黑参加比赛的国际象棋大师多纳，多纳警告他："我要是你，就会谨慎从事！"不过，已经把自己的命运押上了的诺特博姆，坐上一架德国飞机直奔伊斯法罕而去。飞机上座无虚席，除了他之外全是生意人，唯有他是为了《园丁和死神》这首诗才要去那个有魔力的地方。骑一首诗去伊斯法罕，唯有诗人才会这样吧！当然，他没有在那里遇到死神，而是遇到了宣礼塔、《古兰经》、阿拉伯艺术、古老的一切和甘地夫人。

对于旅行，他自有精辟的观点——面对那些古老的文化和异国风俗，他嘲笑那些自大又无知的旅行者，"这就像你要去法国，却不知道法国大革命，对拿破仑也只是隐约听过，对查理曼大帝是何人、基督教如何传播、天主教和新教的区别更是一无所知，这可就难办了！"谁有能力提升众多游客的文化涵养呢？只是诺特博姆的话，充满了对他们深深的怜悯和惋惜。

"他是说故事的人，目录学家、地理学家、植物学家、侦探和气象学者"，诺特博姆用来形容阿伦岛上罗宾逊的话，几乎也可以用来形容他自己。不仅仅如此，他还是一个敏感的社会学家，譬如他从德黑兰沙王面临的社会问题，预感到这个古老的土地将发生巨大的变化；譬如那些被关押的政治犯令他对独裁的未来有了更多的洞察："在穆斯林卫道士的圈内，一定在酝酿着什么，而且这狂风暴雨般的、野心过大的发展计划，也一定会激起强大的反对力量，而这种力量，只靠一个人是无法永远压制的。"在写下这段话的三十多年后的今天，我们终于看到了非洲和阿拉伯国家天翻地覆的变化。

　　如果说"在路上"就是一个旅人的日常生活，那么，诺特博姆则另有飞翔的本事，就像骑一首诗去伊斯法罕那样，没有什么比下面这段文字更能道出他对自己旅行和写作、梦想和生活的说明了——"雕刻、碎片、书籍、回忆、诗歌、故事，这些都将陪伴我飞在空中，从一座古城到另一座古城，我的家就在那里。"

2011 年

悍妇庇护人类

悍妇们的故事

"瑟莫苏阿克力大无比，伸三个指头就能捏起独木舟。照海豹头捶一顿就能把它砸死，两手一撕就能把狐狸和野兔撕成碎片。有一回她和另外一个女力士卡索得兰瓜克掰手腕，结果轻而易举地赢了，于是她说：'可怜的卡索得兰瓜克甚至掰不过我身上的一只虱子。'她能打败大多数男人。"

上面这则故事来自了不起的安吉拉·卡特（Angela Carter）编集的《精怪故事集》，采集于因纽特人。它被单独放在所有故事小辑前面，作为整本书的开篇之作，为将近六百页的故事奠定了基调。这位被誉为最独特的英国女作家，像伊塔洛·卡尔维诺收集著名的《意大利童话》一样，将来自世界各地有关女性的童话和民间故事收集起来，分为《悍妇精怪故事集》和《悍妇精怪故事集第二卷》先后于1990

年和 1992 年由一个名叫"悍妇"的出版社出版。

这彻头彻尾是一部悍妇之作，这部书的每个故事都是以女性为主角，用女性批评家玛丽娜·华纳的话说，"这部精彩的集子囊括了抒情故事、血腥故事、令人捧腹的故事和粗俗下流的故事……里面绝对没有昏头昏脑的公主和多愁善感的仙子；相反我们看到的是美丽的女仆、狡猾的妇人和品行败坏的姑娘，巫婆和接生婆，坏姨妈和怪姐妹。"

安吉拉·卡特在第二卷出版时患病去世，在她去世前一个月，还在病床上修改完善这部奇特的书，她说："我只想为了姑娘们把这个做完。"她将这些故事按内容和风格分为十三章，并做了大量的采集笔记。她没有来得及将这些笔记和后记完成便撒手人寰。这本书的编辑沙鲁克·侯赛因利用自己对民间故事和精怪故事丰富的知识，补全了笔记。并根据卡特在文档中留下的记录，最终完成了全书。

从小没有听过故事的孩子是不幸的。没有被祖母、外祖母抱在怀里或者膝盖上，在火炉闪闪映红脸庞的时刻，一边听着雪花在窗外干枯的枝丫间沙沙作响、一边猜测着可怕的怪物、鬼魂抑或有魔力的神仙改变世界故事的孩子们，一辈子都会缺少来自童年的爱的庇护。这把伞是慢慢打开的——一开始它就是个故事，然后渐渐成为遮蔽世界风雨的参天大树，在它的浓荫下是想象力飞舞变幻的一扇扇小门，随时会为你的创造力敞开。而这一切都要归功于那些白发苍苍的老婆婆，你的祖母、外祖母，你的母亲或者提着篮子走亲戚的姨妈们。按照安吉拉·卡特的说法，英语和法语中善讲故事的"鹅妈妈"就是一个坐在火炉边纺线的老太太，她纺的线有多长，她的故事就有多长。就是这些老婆婆们，在一个人来到世界的最初时光，参与了塑造人类灵魂和滋养其心智的伟大工作，她们举重若轻，力大无比，只靠语言便能使大海颠覆、山岳崩裂，一声叹息便能浇灭烈火，一句赞美便能使大地鲜花盛开。不要以为她们个个有三头六臂，但她们讲述的故事所传达出来的力量，只有创造之母才能做到——悍妇庇护人类，诚哉斯言！

聪明智慧的悍妇

在《精怪故事集》中，女性的美丽不再是以往收集者和讲述者关注的重点，女性的智慧被强调。来自苏格兰盖尔族的《蜜尔·阿·赫里班》讲述的是一个只愿意带着最小的一块饼和母亲祝福的少女，不但救出了带着大块饼和被诅咒的两个姐姐，还依靠自己的智慧使追杀自己的巨人丧命的故事。采集于西非国家的《呆在树杈上的姑娘》是一个关于母亲和孩子神秘关系的故事。女儿和母亲在一起生活，平日母亲去打猎，女儿待在树上编篮子，从不下地。后来国王派了许多人来砍树，被赶回家的母亲阻止。母亲的武器只是一句咒语："虽然你们人多势众。但我还是会用大针把你们全缝上！"于是那些人全部倒在了地上。国王几次三番派人来，都被这根神奇的大针缝死了（这会令人深思母亲们给孩子们做针线活所蕴含的神奇意义，缝纫这种劳动即是对孩子的爱和保护）。意外的是，女儿最后终于被带走了——因为死了很多人，国王命令所有怀孕的女人当天就把孩子生下来，很快便有了一大排婴儿。这些婴儿的脐带缠住了树杈上的姑娘，令她完全无法摆脱，即便是老母亲的咒语也无济于事——在我看来，这恰恰昭示了女人对弱小的婴孩无法抗拒的责任力量：母爱是一种天性，在任何族类中都是如此。当然，故事的最后，母亲最终还是靠着神秘的力量把消失在捣臼里的女儿拯救了出来。

　　来自俄罗斯的《明智的小女孩》是安吉拉·卡特在所有故事里最喜爱的一个故事。讲的是被富弟弟陷害冤枉的穷哥哥，因为一匹马驹闹上法庭的事情。此事惊动了沙皇，沙皇便出了一道谜语："世界上最快、最强的是什么？最肥的是什么？最软的是什么？最惹人爱的是什么？"富弟弟从教母那里得到了一个最通俗的答案，而穷哥哥七岁的小女儿则给出了一个非常智慧的答案。接下来，惊奇的沙皇和小姑娘有三个回合的智力较量，最终小姑娘战胜了法官和沙皇，替父亲赢回了那匹马驹。——"这样的好戏带给人某种纯粹的满足，像安徒生《皇帝的新衣》一样令人满意，甚至比那个更好，因为没有人受到侮辱，人人都得到了奖赏。"——卡特如此说道。毫无疑问，如果权势能够尊敬智慧，那权势将不会依靠自身的优势欺压别人，只会得到和对手一样多的尊敬，在这里，智慧是远远超越于权势之上的，某种高贵也只能建立在智慧之中。

　　和西方"女人是取自男人的一根肋骨"的说法不同，生活在寒冷地区的因纽特人则认为女人拥有创造男人的力量。在《鲸脂小伙》中，一个姑娘的男友掉进海里淹死了。她用一大块鲸脂刻成了真人大小的男友的形状，并用这座雕像在自己的身上摩擦，突然，男友活了过来，站在她的面前。父母不同意他们结婚，他们就搬到离村子不远的小屋居住。屋子里热的时候，男友就感到疲倦，他就会说："揉揉我，亲爱的。"姑娘便用他的整个身体摩擦自己，使他恢复精神。有一次阳光灿烂，男友打猎时开始流汗、变小，等他赶回岸边，半个身体都已融化，又变成了一堆鲸脂。姑娘再次在一大块鲸脂上雕刻出他的形状，并且再次摩擦他，男友又复活了，对她说："揉揉我，亲爱的。"——这则故事赞美了女人巨大的生殖力量，也蕴含着塑造男性的寓意。它摆脱了男权社会中对女性的贬低和蔑视，却没有对男性的仇恨和诅咒，反而，男友两次死后姑娘都十分悲痛，决意用自己的爱和创造使他复活。安吉拉·卡特一向袒护女性，却从来没有成为一个极端女权主义者的原因便在于此。

充满讥讽的悍妇

出生于 1940 年的安吉拉·卡特是一位颇有声誉的小说家。美国批评家苏雷曼尔称赞她真正为女性开拓了新领域，"她使用具有叙述权威的男性声音，并把它模仿到了讽刺的程度，使得规则发生改变"。在采集《精怪故事集》的过程中，卡特对故事的选择，也能看出她对某些自大愚蠢的男性的态度。

《妻子治好吹牛病》采集于西非达荷美，故事里的公鸽子们吃饱后总是吹嘘要和人打一架，每天都是如此。不胜其烦的母鸽子们找到秃鹫，请它来和丈夫们打一架，但也请求说，千万不要把它们杀死。结果，平时牛皮哄哄的公鸽子们被啄得羽毛乱飞，狼狈地讨饶不止，将此类男人外强中干的本相揭露无遗。

来自冰岛的故事《要是我没死，这会儿就要哈哈大笑了》令人捧腹：两个妻子争着说自己的丈夫才是最大的傻瓜，为此各自回家做了个试验。一位妻子言称用看不见的线纺了布，做了一件衣服，丈夫信以为真，就穿上这件子虚乌有的衣裳——这一部分和《皇帝的新衣》极其相似。另一位妻子则再三告诉丈夫，你生病了，你病重了，你死了。结果丈夫相信了这一切，躺进了棺材。起棺安葬那天，第一个妻子的丈夫赤身裸体来抬棺，所有人都哈哈笑起来，那个"死了"的丈夫也忍不住放开嗓门叫道："要是我没死，这会儿我就要哈哈大笑啦！"卡特在笔记中对此说："如果婚礼是诸多童话的最终目的，那么婚姻本身和婚姻生活则会普遍被描绘成一个笑话。"当然，在我看来这只是针对那些婚姻有问题的夫妻们有感而发的。

相对于人们认为女人只会唠叨、无法守密的看法，加纳地区有一个《保守秘密》的民间传说。这是一个母亲教会女儿如何保守秘密的故事：一只土狼扮作男人和一个姑娘结婚。土狼一直诱惑她说出自己的秘密，姑娘开始告诉了他一些，姑娘的母亲立刻阻止了她。第二天，土狼带姑娘在回自己家的路上想吃了她，在她变成树、水和石头的时候，土狼几乎都要把她吞掉。姑娘最后变成了母亲前一天晚上阻止她说出的东西，土狼找不到她，只好仓皇逃跑。这是什么东西呢？故事里根本没有讲，否则就不是保守秘密了——这是这个故事最精彩的一笔。如果男人完全掌握了女人的秘密，那么女人就会暴露在毫无遮蔽和保护的境况之中。守密不但是理智的行为，同时也能救命。

斯瓦西里地区的民间故事《舌头肉》，则意在教育男人如何对待女人才是聪明的做法。苏丹的妻子每日痛苦，而农夫的妻子每日快乐。苏丹向农夫请教如何使妻子快乐，农夫说："非常简单。我喂她舌头肉。"苏丹把市场上所有动物的舌头都买回宫，妻子吃了仍然瘦弱、不快乐。苏丹决心和农夫换一下妻子，最终才知道所谓"吃舌头肉"就是要给妻子多说开心话，唱歌、讲故事，是真心把妻子当作宝贝一样对待才行。诸如此类的故事，卡特还收集了很多，甚至有不少关于民主、自由、时间的故事，如来自希腊的《三把盐》；反对男性立场贞节观的故事，如《不忠妻子的歌》《学生》等；也有关于继母继父虐待孩子必遭灾祸的故事，如《小金鱼和金木屐》《坏后妈》；在这本书里还有来自中国唐代《幻异志》中的《三娘子》等。

近代社会资本主义化以来，以讲故事为主要叙事方式的文化传播，逐渐被个人化经验叙事所取代。以往有着集体文化背景的叙事，日渐衰落。个人化经验叙事虽然突出并强调了个人感受与世界的关系，但也隐藏着逐渐脱离人所共有的情感体验，走向极端的"自言自语"。但是，在没有阅读能力的孩子那里，在更多的底层社会，故事仍然承担着启蒙的角色，并且，由于它奇特的想象力和勇敢无羁的创造，也慢慢在影响着一些关于民间文学和儿童教育的知识分子。《精怪故事集》中那位想剥夺妻子听故事快乐的丈夫，正如一些试图切断屏蔽各种文化和精神交流的权势集团，恐惧于故事带给人们的无限自由的想象和对幸福生活的渴望，因此，这本由悍妇精神庇护的书籍的出版，无疑具有特别深远的意义和价值。

2011 年 10 月 24 日

马卡宁的后现代暗道

一

英国作家卡罗尔在他著名的童话《爱丽丝漫游奇境记》里为俗世中的小姑娘爱丽丝安排了一次闯进童话世界的探险旅途：在这个小姑娘没有掉进兔子洞之前，她绝对想象不到还有一条通往另一个时空的秘密通道。而阿拉伯的阿里巴巴因为有了"芝麻，开门！"的咒语，也就有了进入藏宝山洞的神奇通行证。在许多民族的神话、童话中都会有一些诸如山洞、树洞、井、墙缝、石窟，甚至动物洞穴等神秘的入口，在我国唐朝，就已经有了《南柯太守传》那个匪夷所思的大槐树下的蚂蚁洞。一般来说，这些通往另一"宇宙"的出入口大多都在隐蔽的、不为人注意的角落、荒漠、群山之中，也有出人意料地藏在喧哗闹市里人们的眼皮底下，仿佛为那些不幸的幸运者随时预备了一个逃离苦难、躲避灾祸、获得财富和幸福的通道，而这个通道能把人直接带进一个跟现实世界完全不同的"福地洞天"。自然，除非是奔赴冥界，这些幸运儿不会长久留在深深的地下世界，当他们再一次从地下的暗道中回到人间，要么获得了改变原有现实的神奇能力，要么是世界自己在时间中改变了。总之，钻入地下洞穴或者其他暗道，是改变世界或者改变自身的一个神奇途径。

被誉为当今俄罗斯后现代代表作家的弗拉基米尔·马卡宁（Vladimir Markkanen）就是这样一个"洞穴"爱好者。从他曾获普希金奖的《地下人，或当代英雄》到今天要分析的《关于爱情的成功叙述》，讲的都是与洞穴和"地下"状态有关的故事。尤其在苏联解体后的年代里，他的创作主题大多跟"洞穴"有关，他甚至把自己的一篇小说题目干脆就叫作《出入孔》（亦有译为《洞口》）。毋庸置疑，《关于爱情的成功叙述》是一部马卡宁式的暗道密布的作品。与《出入孔》里的中年知识分子克柳恰列夫相似，《关于爱情的成功叙述》的主人公塔尔塔索夫也对地面上、墙缝间出现的洞口深感兴趣。两者不同的是，克柳恰列夫成功地挤进地面一个圆洞口钻进了地下，并在地下发现了一个充满光明、友善、与地上现实世界完全不同的"乌托邦"社会；而塔尔塔索夫曾多次努力试图从地面的缝隙、洞口甚至某张画布上的一个小小的圆点挤进另一个世界，大部分时候他失败了，某些时候他也成功了——不过不是发现了一个光明的新世界，而是回到了过去——或者更严谨地说是躲进了对过去时光的回忆。如果说每个作家都有其特殊的区别于他人的心灵轨迹，那么，沿着"洞穴"这一线索，我们也许能够找到通往马卡宁心灵深处的"地下暗道"。

二

进入这个"暗道"的主要线索可以在三个主要人物身份的复杂性上寻找：塔尔塔索夫，曾经作为一个充满反叛精神的作家而受人尊敬，并且也以此赢得了"管辖舌头"的女作品审查员的爱情。但苏联解体后，对经济利益、金钱物质的追逐取代了以往政治对人们生活的控制，商业文化培养的一套话语以更大的力量取代了令人窒息的政治修辞，从社会学的意义上来说，这未尝不是一种进步——至少它昭示了生活的多种选择的可能性，但对于昔日的反叛英雄来说，这一切却不啻是一场背景迅速变换了的荒诞剧：他突然失去了构筑他英雄身份的基础，因为"对手"消失了，代之以更加庞大的、渗入人们生活各个角落、包括他自身也需求的市场经济的无情规则。光环消失了，悲壮的戏剧落幕了，庸俗而贫困的生活把他挤到了电视台某一聊天茶座节目寒碜的主持人的位置。而拉丽萨，这位苏联出版机构的女审查员、塔尔塔索夫的昔日情人，为生活所迫则成了收留妓女卖淫的房主；小说的第三个重要人物是苏联出版机构的官员维尤仁，凭着投机分子和"变色龙"的手段，在激烈的社会变革后摇身一变，仍然是大权在握的文化官员。三者身份的变化前后反差之大令人瞠目。

随着小说情节的推进，这三人之间错综复杂的关系也一步步展开。拉丽萨是塔尔塔索夫的情人，为了身无分文的塔尔塔索夫能够谋到一个糊口的职位，作为交换条件，不得不背着情人屈辱地和对她觊觎已久的维尤仁上了床。而被拉丽萨深爱着的塔尔塔索夫，很难说当年是因为爱情爱上了拉丽萨本人。代表着权力机构的拉丽萨审查官的身份或许对塔尔塔索夫更具有令人兴奋的意味：对这个象征性的肉体的征服同样也有着象征性的意义。在这里，塔尔塔索夫爱上的是能够对权力进行操纵的权力而并非拉丽萨这个有血有肉的女人。不幸的是，拉丽萨却义无反顾地爱上了他，就像小说一开始就说的那样：她爱了他一辈子，从不抱怨。当这位女审查员变成一个图书管理员、继而沦落到不得不靠出租房屋给妓女来维持生计时，她对于塔尔塔索夫的吸引力也荡然无存。倒是维尤仁，这个厚颜无耻的官场"不倒翁"，从拉丽萨身上清楚地看到了一个女人对爱情的牺牲、忍耐、忠贞不渝，这恰恰是他唯一不能通过"万能"的金钱和权力得到的东西，哪怕他曾占有过她的肉体。唯其如此，维尤仁始终对拉丽萨不能忘怀，因为他知道，虽然在官场尔虞我诈的争斗中他仍然游刃有余，但这一切并不能给他灵魂的绝望和虚无带来任何安慰。从一开始他受拉丽萨肉体的吸引，到后来为她外表柔弱、内心坚韧的人格魅力所震撼，维尤仁的情感或者欲望奇怪地改变了方向，从赤裸裸的性过渡到更为复杂的心灵需求——他贪婪地渴望这个女人身上强有力的爱情。

与塔尔塔索夫和维尤仁萎缩的灵魂相比，拉丽萨身上呈现出更多俄罗斯女性对悲惨生活的不屈和对苦难的忍受力。当她身为审查员的时候，却凭着内心对良知的渴望和对人性的理解爱上了塔尔塔索夫，在当时这是她的工作纪律绝对不允许的，严格来说是非常危险的。这一点她非常清楚，但却丝毫没有因此影响她对塔尔塔索夫的爱情。自然，出于对塔尔塔索夫的保护，她必须删掉后者作品中过于露骨的段落和语句，哪怕招致塔尔塔索夫深藏于心的怨愤。事实上，她同时经受着来自官方的威胁压迫和来自塔尔塔索夫的歪曲误解，毕竟，在塔尔塔索夫面前她更是一个女人。

如果说那个年代塔尔塔索夫以自己的才华和勇气吸引了拉丽萨，那么，在后来的岁月里塔尔塔索夫自甘堕落、卑琐猥亵地追逐年轻妓女，甚至可笑地以电视主持人、作家等可怜虚幻的名声换取"免费服务"时，拉丽萨仍然令人难以置信地保留了对他的爱情，不过，这已经不再是对"英雄"的崇拜，不再是青春的冲动和肉体的激情，这份爱情完全基于她对人性的深厚了解，基于对生命的悲悯和与塔尔塔索夫共同度过的苦难岁月的忠诚。这位默默承受厄运的女性为爱情牺牲了几乎所有的自尊：为塔尔塔索夫冒着极大的危险违反审查纪律出版作品；为他找到一份糊口的职业而屈辱地"交易"了自己的肉体；为塔尔塔索夫迫切猥琐的性欲蒙羞忍辱给他招徕妓女；同样也是为了他能保住那份职业再次"出卖"了已经不再年轻的身体。她与塔尔塔索夫、维尤仁构成了并不单纯的"三角"关系，爱情、政治、性、权力、社会变革、道德、欲望……复杂的联系在小说中缠绕在一起，宛如一座展示人性的地下迷宫。

三

作者马卡宁在小说的引言里直接引用了自己另一篇小说《出入孔》中的一句话："狭窄的地方！狭窄的地方！……他简直是疯了！……他到底想说什么呀？"在《关于爱情的成功叙述》中出现的洞口、裂缝、狭窄的地方等等，各有其寓意。前面所叙的引言，是对整个小说呈现的人物命运的一个概括的形容，是三个主人公共有的精神状态，同样也是作者内心要表达的东西——被生活和命运紧紧扼住了喉咙的窒息感。

小说一开始，拉丽萨就发现了地上的一道裂缝，黑色泥土里的裂缝。这个地下的裂缝在文本中有着确切无疑的隐喻："……她想：这是什么……这是她母亲的怀抱。"而这样的隐喻恰恰是代表着文化话语权的"他们"和"他"（塔尔塔索夫）对她训练影响的结果。拉丽萨对此很清楚，在她看来，"……一切都很平常，哪怕母亲的怀抱"。这一点正是拉丽萨有别于塔尔塔索夫们和维尤仁们最本质的地方。这个没有任何野心的女人，不像塔尔塔索夫那样追求名望和欲望，也不会像维尤仁那样追逐权力，她并不希冀生活会发生什么奇迹，因而也就能够"平常"地接受生活，哪怕是充满苦难的生活。当她失去了自己的那份图书管理员的工作时，当她在地铁旁几乎要绝望的时候，她也感到了一种进入洞穴的挤压，似乎被套进了一个管子，"非常清楚：她正好落在狭窄地方的背后。一步之遥。眼下，按照时间的运转，她又得体验它（狭窄的地方）。按照生活的运转……脉搏加快，拉丽萨微微张开嘴唇，张开嘴呼吸，挤进了新的时间"。她意识到，这种喘不过气来的感觉并非她一个人独有，而是有很多人，"所有人，我们大家，整个城市"。

随着一个"挤进新时间"的决定，拉丽萨开始了靠收留妓女收取租赁费用的生活。当她知道"大人物"维尤仁对她念念不忘，并有可能使她重新成为一个"体面"的编辑时，她则自忖："她的工作不甜蜜，也不高雅，但很诚实。对，诚实。如果需要给维尤仁先生答复，她不准备述诉生活的困难，不想支支吾吾……她不希望那样。过于狭窄的地方。她不想回到他们那个下流的世界，下流的，下流的！（她痛苦地重复道，为过去感到痛苦和羞耻）。"在她看来，极度的贫困包括她眼下卑微的社会地位，都远远要比重新回到过去的生活更有尊严。这位前国家出版机构的女审查员以决绝的态度背叛那个本可以给她利益的权力集团，与塔尔塔索夫懦弱的患得患失相比，她的决绝更为彻底和坚定，也更富有人性的尊严和光辉。她理解为生活所迫不得不出卖肉体的姑娘们，在这里，"道德"的底线从生存的基本需求开始，从人拥有支配自己身体和精神的自由开始，而个人对自由的要求则到他人的自由开始为止，这一人权的原则与国家意识形态、政治权利，甚至极端的道德主义完全相悖，但却是真正的人的平等和民主的基础。

拉丽萨本能地躲避"裂缝、洞口"这些"标志性的东西"，返璞归真地把它们仍看作是泥土中的裂缝，一个平淡无奇的小洞，因为任何的"隐喻"都不可能超出现实生活的范畴。而塔尔塔索夫则不然，从这些裂缝他居然看到了"形而上的深度"，并认为"我们都从那里来"。这种把具体生活抽象化的观点正是

一切虚无的基础，它带来认识世界的极端方法，并取消了人在现实生活中行动的能力，也取消了人对每个日常生活细节付出爱和努力的价值和意义。因而当塔尔塔索夫不能应付新的现实中的问题时，通过"一个洞口"回到过去，并在回忆这一"麻醉剂"中寻找安慰就成了他逃避精神压力、维持徒有其表的自尊心的唯一途径。青春、受人尊敬爱慕、来自官方的压迫成了天才骄傲的资本、自由旗帜下的文学英雄……过去种种炫目的一切构成了无所不在的巨大黑洞，吸引着这个丧失了生活乃至梦想能力的人。"洞口"非但没有成为他重新汲取生活勇气的源泉，反而成了他在坚硬的现实面前龟缩起来的"墓穴"。在塔尔塔索夫看来，触目可见的裂缝和洞口到处都是，不管是具体实在的还是隐喻的，熟悉的小路、电话间，甚至拉丽萨的身体——随时可以找到令他回到往昔的道路。可悲的是，这个往昔的时间"已经不等我们了"，即便在拉丽萨的身体里，在两具肉体发生最亲密的联系的时刻，塔尔塔索夫也没有真正"在场"，他独自撇下了拉丽萨躲到可怜的"自我"之"自恋"中，哪怕跟他紧拥在一起的拉丽萨痛苦地呼唤他"谢廖沙"这个亲爱的名字，但"……迟了！……又要分开，人啊"——这一声近乎绝望的叹息令人心碎！

四

作者有几处写到了拉丽萨和塔尔塔索夫、拉丽萨和维尤仁的性爱场面，尤其是小说结尾处对拉丽萨和维尤仁在一起的描述更有深意。跟塔尔塔索夫不同，此时的维尤仁已经明白，他面前的这个温暖的女人的身体对他意味着什么，当他诚惶诚恐地俯身在这个身体上时，他对拉丽萨说："你可知道……人，垂死的时候……钻进一个隧道。狭窄的大门，狭窄的门！那里——是第二个奇迹。我们的生命的第二个主要的秘密……""我们走了（离开生命）和我们进来（进入生命）都通过一个狭窄的地方……这就是最最深邃的哲学深度，其余的一切都是虚无，尘埃，鳞片……生命中只有两个奇迹——而其中之一，那第一个奇迹——就在我面前！……拉丽萨！"对死亡的恐惧（人与人之间冷漠的隔离）紧紧攫住了这个可怜的大权在握的官员，他把拉丽萨的身体也看作是逃离现实、进入"永恒"的通道，在体验到性的狂喜的同时，也远离了死亡的阴影。此时的维尤仁在拉丽萨怀抱中重新变成了一个脆弱的生命，一个渴望回到母腹寻求保护的孩子，以至于拉丽萨"回忆起年轻的自己，动人的自己！（在男人空虚的、忙碌的眼睛中寻找爱情的回应，多么长久了啊！……）可现在，他们全在这里。年轻的……强壮的……老人和青年。著名的和无名的。棕红头发的和黑头发的。成百上千的男人，（又是这个想法……或者其他的？）数百万，聚集在她怀里，就像在入口处。请求着进去……现在，她爱他们所有人，因为她爱塔尔塔索夫，这就是关于她的爱的叙事"。在这既动人又荒诞的一瞬间，爱的魔力把拉丽萨推到了对他人的人性体察至深、能够与所有人共存的一个背景中，使她在维尤仁的身体下感到了一阵"微妙的、不雅的"高潮。这个"不雅"的出现提醒读者，拉丽萨或者维尤仁即便在忘却死亡的"高潮"里，意识中现实感的存在仍然是强大的，仍然存在于各处的"缝隙和洞口"中。也正是因为这一点，拉丽萨明白，维尤仁试图在自己身上把时间（现实）取消的努力仅仅维持了几秒钟，因为，随着他起身穿衣的动作，时间又开始了。像所有"大人物"一样，他"过去不知道，现在也不知道旋进、钻入狭窄的地方的可能性（将我们混沌的时间转变成某种东西）"。

"狭窄的地方"亦即当下的现实感。现实感的丧失不仅使塔尔塔索夫精神萎靡、理想破灭、生活困顿，也使维尤仁暴露出懦弱可怜、行为猥琐、心灵空虚的本质。面对现实的无力感几乎存在于人与人发生联系的各个环节中，人与人的交往被人与物、与利益，人与抽象的意识形态等交往所替代；从早年受极权政治控制，到现在受经济物质控制，作为生活的基本现实即人与人的关系越来越远，人与金钱、权力的关系越来越近，也就越来越加速了现实感的丧失：丧失了对他人存在的认知，丧失了人的责任，丧失了爱的行动能力。

五

作者不仅对塔尔塔索夫和维尤仁、对他们孜孜以求进入"洞口"的内心活动进行了描述剖析，也在小说中对人类的文化进行了"马卡宁式的"思索。小说中有两处提到了文字中的缝隙："有许多、无限多的东西会掉落在两个单词之间的缝隙里……某部著作的本质——就是在语言中间这种无底的缝隙。世界、整个世界会掉进那里，还有时代、文明！……什么都没有了。一点痕迹都不留。这是一个狭窄的地方，这是在两个邻近的单词之间的天才而诡谲的接口！……在这些接口中，在这些缝隙中，诞生了写作的动力学，诞生了文学，而与文学相连（或在文学之中）诞生了精神的高度和思想的标准。"在另一处，也就是小说中拉丽萨回忆在"恐怖岁月"做审查员时，"——在那个空格和句子的下流世界里，在那个地方，爱情……尊严……良知……仁慈……——一切，一切，一切都落进了狭窄的空隙，掉进了两个单词之间的缝隙。"在此，马卡宁对历史现实、历史文化包括所谓的"文明"充满疑虑，对掩盖了人的眼泪、悲惨的呻吟的所谓"文化"提出了严肃的质问。这种靠语言活动"创造"的历史文化的"缝隙"，既有可能忠实地记录下人类的苦难和梦想，同样也有可能无情地吞噬人类的良知、血泪，也能吞噬掉对人类未来的信心和生命的尊严，从这一点来说，语言活动同样也是现实感的一个侧面，同样不能脱离行动的主体，或许，这也是作者对从事文字工作的同行们一个明白无误的警示。有趣的是，跟马卡宁同时代的他的同胞——鲍·谢尔古年科夫也曾经写过一个"钻入地下"的童话。在这个童话中，潜水员深入最深的海底时，发现那里是陆地；他疑惑了。陆地上的人们把他领到海边，告诉他最深的海底在这下面。他再一次下沉，潜入海水的时候却惊呆了，因为出现在面前的还是陆地。他要继续往下寻找最深的海，这片陆地上的人们又一次把他领到海边，他跳进海里，继续下潜，一潜到海底，他就到家了。朋友们把他拉出了水面，为他解开了潜水衣。

在这个美妙的故事中，对神奇的幻想一而再，再而三地最终都回到了坚实的地面上而非神秘的海底。当下平庸的现实生活就是神奇本身，所谓真正的奇迹就在生活水面上浮着杂质、打着旋涡、混浊缓慢的流淌中。只不过跟复杂的后现代文学大师马卡宁相比，默默无闻的谢尔古年科夫只用了不到一千字的短文就清楚地告诉了我们这一真理。

2004 年

词语渗出的血

　　赫塔·米勒（Herta Müller）女士对词语有着极度的敏感。譬如，她认为"乳飞廉"这种植物的名字应该被别的词语替代，这种花茎有乳浆叶子带刺的植物更应该叫"刺肋"或者"针颈"。我猜测她的理由来自她童年时的观察——那些叶子下密密麻麻的尖刺深深扎在了她的记忆中，而不是甜蜜的"乳"以及轻盈的"飞廉"。"乳飞廉"在中国也广为分布，我小时候在农村也常常能看到。它有着小小的紫色花蕾，香气浓郁，但是很少有人敢去采摘，因为那些刺极为扎手。乡亲们都叫它"雷公草"，我从来没有想过这是为什么就自然而然地接受了这个称谓：雷公草，或者刺蒿。

　　赫塔·米勒在这个不起眼的细节上看出了词语所蕴含的重大问题，她指出："在正确的植物面前，所有错误名字的谎言中，面向虚无的缝隙出现了。"人们习以为常的某些词语，却经常在那些敏感的大脑里引起混乱。"乳飞廉"对于赫塔·米勒是如此，而童年时我认为的一些"正面"词汇，我长大后才发现，它们并非是我想象的那个样子，这使我陷入长时间的惊惧和迷失，我不知道该如何赋予它一个"正确"的名字。

"事物有一种咄咄逼人的出场，我不明了其意图。"赫塔·米勒引用她喜欢的作家亚历山大·沃纳的这句话，来说明真实之物与我们所运用的词语之间的"虚无的缝隙"有多么巨大。遭受迫害的流亡经历告诉她，那些志得意满的德语作家经常挂在嘴上的"语言即家园"该有多么阴险和荒谬，因为无可置疑，"他们的家园从来也未危及过他们的生命"。而赫塔·米勒的家园则充满了杀戮、告密、尸体和血渍。对于中国读者来说，"故乡"这个词多半被浓郁的亲情、儿时的回忆、割舍不掉的后农业乡村田园风光所充满，但是对于另外一些不得不失去故乡的人来说，它会像赫塔·米勒一样意味着噩梦和恐惧。"我不喜欢'故乡'这个词，它在罗马尼亚被两种人占有着。一类是村里的施瓦本波尔卡男人和道德专家，一类是政府的机关干部。故乡村庄是德意志狂的，国家故乡属于无主见和盲目恐惧。"她告诉我们，在这样的一个"故乡"里，"多少人会因为一句话锒铛入狱，又有多少人从未在他们的母语中找到家园。萨沙洛夫被囚禁在家中的时候，他在俄语中还能找到家园吗？"这些被剥夺了母语、被割下舌头的人们，当然不能接受"语言即家园"这句话，它无视着那些失去话语权的人们的真实处境，完全助纣为虐地与独裁者的话语"和谐相处"。赫塔·米勒愤怒地指出："这些文人有义务将自己与那些脱离了希特勒刽子手的魔掌，到处颠沛流离的人相联系"，"从他们嘴里说出这句话，弱化了流亡者失去的一切"。

海德格尔在他的著作《论人道主义》一书中，对于语言的本质曾给予过阐述。他写道："语言究竟是以什么样的方式而作为语言的？语言到处被迅速地荒疏，这就在一切语言的应用中损害了美学的与道德的责任。不仅如此，语言之愈来愈厉害地被荒疏还是由于人的本质之被戕害。"在一个恐怖的独裁社会中，作为可以使人重新体验事物之意义的语言，复活万物并祝福救赎生命的语言，在暴力的高压下变成了屠杀者的工具。某一天，赫塔·米勒看到一则广告语，令她吓了一跳："我们能让你的家具长腿。"在她的记忆中，这是家中遭到秘密警察搜查后的标志，屋里所有的东西都会被移动。家具商或许没有想到这则广告语会带给生活在齐奥塞斯库时代罗马尼亚人深深的伤害。几年前，我在报纸上读到过农民工登上楼顶以死讨薪的报道，新闻题目用了大大的"跳楼秀"的字眼。这个词语容易让人想起娱乐报道中的"真人秀""脱口秀"，用它来形容以死抗争的农民工，其隐含的对于弱者的卑鄙姿态令人发指，对那些走投无路者来说，它像一只无情的大皮靴再一次对生命和人的尊严进行了最后的践踏。这样的词语，不再是"交流的工具"，它变成了杀人的武器，变成了邪恶的同谋。更可怕的是，语言作为一个文化象征系统，在此刻它不仅连"天地不仁，万物如刍狗"的漠然都不是，反而成为谎言和恐惧的集中营。

赫塔·米勒的第一本书，就遭遇到罗马尼亚出版机构的审查，要审查的内容很多，其中之一的敏感词居然是"箱子"。这

223

是因为政府禁止少数德国族裔移民国外，他们会携带箱子。连"箱子"都不放过，更遑论"自由、民主"这样敏感的字眼了。正因为如此，赫塔·米勒才会说："强权将词语的眼睛牢牢捂住，意欲熄灭语言的内在理性。被置于监督之下的语言和其他形式的侮辱一样充满敌意，所谓故乡也就更无从谈起。"

实话说，赫塔·米勒女士的外貌并不是我喜欢的类型：苍白的脸，过于强硬的面部轮廓线，法令纹似乎像刻在鼻翼两边，粗重的眼线，衬托着深陷的灰色眼珠，透出女巫般神经质的眼神；薄薄的嘴唇涂着过于鲜艳的口红，给人一种刻薄的感觉。我第一次看到她的照片，一下子想起了当代丹麦最优秀的女诗人皮亚·塔夫德鲁普。她们在某些地方长得很相像，同样白皙的脸，同样的黑头发，同样喜欢鲜艳的口红。不过皮亚的脸庞和眼神是温和的，嘴角挑着亲切的微笑，这一点和赫塔·米勒相去甚远。但是，假如读了赫塔·米勒的《国王鞠躬，国王杀人》这本书，便可知道她的脸上何以有这样的表情，她的眼睛何以如此令人不安。

赫塔·米勒17岁时曾经试图溺水自杀，即便在被人救起后，她每日依然觉得海水在不断地灌进耳朵。十几年后，因为不堪秘密警察的迫害，她再次想在河里结束生命。她在大衣口袋里装进两块沉重的大石头，"等审查者再想肢解我的时候，我已经不存在了"。等她明白自杀不仅仅是对强权的报复，同时也是对自己的伤害时，她放弃了行动。这次经历给她留下了一个词语"水尸"，而在罗马尼亚语中，并没有这个词。但是，一具她在墓地看到的女人的尸体，"打破了我以为水尸这个词不存在就不会被淹死的幻觉"。那是个脚踝和手被铁丝捆绑着的女尸，躺在墓地中的一个水泥小屋地板上。一只手的脉搏处有切口，头发、脸和身体厚厚地涂了层泥浆。这个墓地掩埋的都是被迫害致死的人。赫塔·米勒告诉我们：这是一具水尸。但手脚被铁丝绑着的人不会是自己溺死的，只能说被淹死的。看来，在我们的词汇表中不存在的词，并不见得它所指向的事实不会发生，独裁统治下的恐怖无处不在，有待言说者把它们诚实地记录下来。

"词语被剪裁过，甚至剪裁得很精确。"她说。是这样的，当人们为了说话——不同的人说着不同的话，说话者都会根据自己的需要，精心挑拣着每个词语，并根据各自的意图和说话背景，赋予词语极为内在的、与约定俗成的语义有差别的意义。每个人都有属于自己的特殊名称，无论是动物还是植物。情人们深谙此道，他们会为心上人起一些亲昵的绰号，这些绰号都有了新的含义。事物本来的名字没变，但意义改变了，因为说话者重新定义了词语。金钟柏、杉树这样普通的植物名字，在赫塔·米勒看来都是服务于权力的词语，因为它们都是围绕着政府机关和豪华的私人别墅种植，而唐菖蒲则在国家庆典上被扎成花束装饰舞台，成为贵族的象征。只有那些大丽花和杨树才属于生活支离破碎的人们。词语语义的秘密转移，隐含着一个人的伤痛留在事物中的记忆，也隐含着词语不可摆脱的政治性。当审问赫塔·米勒的秘密警察骂她是母狗、垃圾、寄生虫的时候，当他轻蔑地说"你以为你是谁？"的时候，她的回答是："我是和你一样的人！"

她深深知道词语所蕴含的人类的文化理性，秘密警察作为统治者的工具显然忘了这一点，赫塔·米勒正是为了人的尊严才提醒并正告他"人"的含义。但是，渴望"万岁"的人不会这么想，自古到今，"国王"一词所代表的权力早已覆盖了人类的历史。这个棋盘上小小的棋子，在人的游戏里掌握着生杀予夺的绝对权力。翻看赫塔·米勒的诗句，可怕的"国王"来了："一只脚踢向我们的嘴将它封杀／另一只脚将肋骨踢软"。这个鞠躬杀人的国王在某年的"五一劳动节"干掉了赫塔·米勒的一个朋友，他是个正直寡言的年轻工程师，一道绳子在他的脖子上留下深蓝色的勒痕，官方不允许尸检，因为他们的结论是自杀。国王不仅仅将语言意识形态化，连人们的衣食起居都在被打上他的印记：剃光头意味着属于国家，无论是囚犯、士兵还是犯错的孩子。男人的发型更是有着突出的政治象征，显示出国家对个人生活的粗暴干预。学校里的孩子每天要受到监督，脖子到头顶的下半部分不能留头发。按照赫塔·米勒的说法，头发和理发师与国王总是有关，也就是说，国王的无数只手已经伸进了每个人的生活细节，因而"国王"一词总会令人心惊胆战。那些被审查的"敏感词"待在嘴里和书页里，似乎都难逃国王的追杀，而日常生活中那些被败坏的词语则像流感和瘟疫一样，迅速毒化了人们的生活、呼吸甚至梦境。

霍克海默和阿多尔诺在《启蒙辩证法》中论述那些官方发言人靠着意识形态毁灭理论时指出："遭到剥夺的不仅有对科学概念语言和日常概念语言的肯定性使用，也有对对立的概念语言的肯定性使用。凡是和统治者思想不合拍的，都再也无法表达出来。"语言或者词语中携带的对生命的渴望和对死亡的恐惧，都是审查制度瞄准的目标，而意识形态化了的语言将导致书写者、言说者对母语本能信任的彻底破灭。赫塔·米勒知道："保罗·策兰必须面对一个现实，即他的母语也是杀害他母亲的刽子手的语言。策兰无法抖落身上这冰冷的枷锁。"但是，即便是这样，无论是策兰还是赫塔·米勒，仍然在致力于给事物一个"正确"的命名，以个人化的经验和个人化的话语来抵抗制度化和意识形态的话语方式，并通过不断自我更新的诗的语言形式将读者引入文体所包含的社会学内涵之中。在这样的话语方式里，他们毫不屈服于任何文化或制度的教义，使自身真实的生活经验与话语形式的自由发生联系，而这一切正是伦理学深藏于美学中的内核。也就在此时此刻，我们才能看到"国王鞠躬，国王杀人"，才能看到词语的砖缝里慢慢渗出的血渍。

2010 年

穿越黑暗的故事

　　"那是一个男人，上身没穿衣服，皮肤冰冷惨白……眼睛紧闭，眼眶四周都是瘀青，满脸浮肿而且变形，显然受过凌虐。他脖子上缠着一条细细的像是钢琴弦的铁丝，缠得好紧，铁丝深深陷进脖子里，皮开肉绽，血肉模糊。"

　　这是一桩 1964 年发生在美国南部名叫奇风镇的谋杀事件。在小镇的附近有一个深不见底的萨克森湖，就要过 12 岁生日的小男孩科里·麦克森和他的父亲在清晨送奶途中目睹一辆汽车冲进湖里，而跳进水中营救的科里的父亲发现，驾驶室里的人早已死去，双手被铐在方向盘上，一条钢丝深深勒进死者的脖子，正如本文开头描述的那样。紧接着，科里发现了树林中有个神秘的身影一闪，发现了遗失在现场的一根绿色羽毛，在找电话报警的时候发现了妓女们藏身的房屋——总之，那个早晨或许改变了科里的一生。

　　汽车沉湖令人毛骨悚然的情景仅仅是那年

奇风镇接二连三发生的怪异事件的开始。这个像萨克森湖一样深不可测的谋杀案作为小说背景，讲述了少年科里在春夏秋冬四季里经历的各种不可思议的事情。这是一本黑暗之书，显然爱伦坡的影响不可小觑。对于一个孩子来说，读这样的书会是一次穿越黑暗的、对成长大有裨益的经历。作者在序言里说，他一开始想写一个以警长为主角的谋杀案，但这肯定是一个老套而平庸的故事。作者最终放弃了这个打算，重新写出了一个"充满生命力"的故事——这真是了不起的做法。它不但为作者赢得了极大的名声，也带来了畅销书丰厚的利润。看看这本书创下的业绩吧：连续20年成为亚马逊书店史上全满五颗星的经典，全美图书馆员票选"有史以来最好看的100本书"之一，获得1992年"世界奇幻奖"和"史铎克奖"双料冠军等。与很多当代作家不断更新小说的创作手法相比，《奇风岁月》的作者罗伯特·麦卡蒙（Robert McCammon）几乎完全用最老实的讲故事方式写完了这部长篇小说。这种古老的创作方式，不但赢得了成千上万少年读者的心，也俘获了相当数量的成年读者。虽然据称在美国《奇风岁月》和《麦田守望者》《杀死一只知更鸟》等书被并列为经典，但是显然，《奇风岁月》更像是一本古典意义上的成长小说。书名原为 *Boy's Life*，明确地说明这是一本关于一个孩子的成长的书籍。和我们经常读到的有关儿童成长的小说不同的是，这部长篇是真正意义上引导孩子接触生活真相的故事，即它没有把生活虚构成天堂般美好的景象，也没有粉饰复杂可怖的人性；通常可见的此类作品中甜得发腻的生活场景在本书里成了少见但令人感动的昙花一现——只要你足够诚实，便知道这才是真实的生活。

　　很难想象如果那个小男孩科里是我的话，我会如何面对突然降临在面前的黑暗——从那个春天恐怖的清晨开始，一连串的不幸和诡异的事件发生在这个少年的生活中：先是一场可怕的有关火星人入侵的电影，使孩子们陷入担心失去父母的噩梦中，然后目睹了同学和死党本和蔼可亲的父亲酗酒后的暴力给他和母亲带来的悲痛；接着是教堂大黄蜂对众人神秘的围攻，然后就是一场几乎淹没住满黑人的布鲁顿区和奇风镇的大洪水……在小说的第一部《春天的痕迹》中，作者就以一个孩子的视角，通过复活节前一天从布鲁顿街区开始的游行，到复活节教堂礼拜，一直到大洪水的来临——小镇重大的活动中林林总总各色人等都在这些场景中出现。既有黑人精神首领、气质高贵的"女王"和其丈夫"月亮人"，也有絮叨守旧的拉佛伊牧师；既有弹钢琴和风琴的格拉斯蓝绿两姐妹，也有热情洋溢的兽医乐善德医生和太太。除了科里在学校的朋友本、戴维·雷、有印第安血统的约翰尼之外，还有一个爱吃绿鼻涕的小"魔女"会引起少年读者兴趣，但最让人感到吃惊的却是一个浑身赤裸、一丝不挂地出现在人们面前的人——他叫弗农，是真正的疯子。当奇风镇很多白人不愿意到离酋长河最近的布鲁顿区垒高河岸、帮助黑人撤离的时候，弗农来了——"人们立刻从中间散开让路给他，那种场面仿佛红海在摩西面前分开。"就是这个整天光着身子在街头游荡的疯子，向众人发表了一段极富魅力的演说后，全奇风镇的人都到布鲁顿区参加了救援。

　　你不得不承认作者有这样一种能力，那就是所有的人物在他的笔下都栩栩如生，仿佛就站在你的面前一样，喘着气儿，你会认出他或者她来，仿佛他们就是你的邻居或者朋友。但是，就在这些你熟悉和认识的、面貌不同、性格各异的人中，藏着一个杀人犯。小男孩科里从来都没有忘记这一点，他的父亲更是因此陷入了噩梦之中："说不定我送过牛奶给他。说不定我们跟他一起上过教堂。……我这辈子从来没有这么害怕过。要是连在这个小镇上我们都没办法安心过日子，那么，这个世界又有什么地方能够让人安心？"

沉进湖底的尸体似乎也把科里爸爸对人的信任拽进了深渊。无能的艾默里警长或许希望人们尽早忘掉这件事情。科里似乎什么也做不了——他只是一个孩子，忙于功课，放假时带着他的名叫"叛徒"的狗，和小伙伴们一起玩，直到一辆名叫"火箭"的单车成了科里的坐骑，他们便和自己的狗一起飞翔在童年的记忆中——这辆单车是因为科里在洪水中用扫帚把击退了水怪"老摩西"、救出黑人孩子加文后，"女王"赠送给他的礼物。

除了父亲仍然被谋杀案的阴影纠缠外，世界上似乎只有三个人还在惦记着那个被谋杀的人：科里、"女王"和疯子弗农。时光在不紧不慢向前走着，科里继续经受着意想不到的打击——布兰林兄弟野蛮无耻的挑衅、殴打以及孩子们对他们勇敢的反抗、拥有完美手臂的投球天才小莫尼和被贫困压垮了的莫尼妈妈的遭遇、科里发现爷爷居然扔下自己偷偷去赌博、鼓励他参加写作比赛的内维尔老师的去世、夜宿森林时撞见鬼鬼祟祟的布洛莱克和邮差哈奇森在做非法交易、外号"老铁肺"的老师冷酷无情的嘲讽、科里最心爱的小狗"叛徒"遭遇车祸并实施安乐死、亲密的小伙伴戴维·雷打猎时意外走火丧生……这一切，别说对一个孩子是黑暗恐怖的经历，即便是一个成年人也会觉得过于冷酷和悲伤了。和他的父亲一样，科里也被命运带来的恐惧死死地压在它的魔掌下："我已经不再知道天堂在哪里了。我已经无法确定上帝是否知道自己在做什么。说不定上帝自己也深陷那个黑暗世界里。……对生命，对善良的人性，我再也不像从前那么笃定了。"——你很难想到，这些话会出自一个 12 岁的孩子之口。当他试图出走奇风镇的时候，一个他自己臆想出来的流浪汉普西林对他说："一想到这个世界，我就怕得要死。因为这世上有太多残酷的人，冷漠的人，有太多人对别人很不尊重，草菅人命。……这世界会吞噬像你这样的小男孩，你应付不了。这世界比老摩西更可怕。"

在读这部小说的时候，我一直被一种极为矛盾的心理所困扰着。一方面，我知道人的成长势必要经过这些阶段——你开始尝受到痛苦的打击，你对世界和生活的幻觉开始破灭，亲人或朋友的离世使你绝望地接受人必有一死的命运，飞来横祸让你对所谓无常宿命感到恐惧并丧失生存的安全感，等等——即便作为一个专业的教育者，也不得不辛酸地意识到这一点并把它传达给孩子们。但这并不是我们认识世界的最终途径，否则我们就完全没法在这种地狱般的世界生活下去。在穿越这一黑暗地带的同时，我们也同时会被人性中温暖的光芒所吸引和照亮，哪怕它是多么微弱的一丝光亮，也能陪伴我们走出这一段噩梦般的时光。假如没有内维尔老师对科里写作天分的鼓励，没有黑人"女王"正气凛然对黑人权力的维护、对不幸者的同

情和帮助，假如没有父亲最后战胜自己的懦弱为孩子做出勇敢的表率，没有妈妈和他谈论如何维持自己的信仰——你就无法想象科里最后怎么会慢慢成长起来，变得勇敢、自信，富有同情心和正义感。我知道自己内心的纠结完全是杞人忧天——每个孩子都要独自面对这一段至关重要的成长岁月，那将是一段黑暗岁月，但也是一段追求光明的岁月。不仅仅是孩子，连我们这些成年人，也是在不断地经受痛苦和绝望中成长的。只不过，一些人走了过来，变得坚强，而另一些人则被黑暗吞噬。我的悲伤在于，人的心肠要变得多么坚硬才能对付险恶的生活啊。好在这部穿越黑暗的书仍然为我们留下了一个光明的未来，但对于信仰危机的描写，读来依然十分惊心动魄。从这一点来看，本书最大的贡献不是给孩子们创作了一部惊悚推理小说，而是为孩子们奉献了一部人生教科书和抵挡各种厄运和痛苦打击的训练手册。按照德国哲学家雅斯贝尔斯对教育的看法，这部书显然就是那种"反抗一切习俗的谎言，反抗一切遮蔽状况的不严肃性，因为在这种遮蔽状况中根本谈不上人的伟大和尊严"的影响人们灵魂的书籍。譬如，《奇风岁月》整个故事发生的历史背景是卫星上天、古巴革命、越南战争开始、黑人遭受歧视还不能和白人共用一个公共游泳池的时代。整个人类的野蛮暴力行为和小镇上的谋杀案形成了一种奇特的联系，它揭示了人类的有限性和由此带来的生活的严重缺陷。让孩子们明白这一点就是让他们明白自我教育的最终目的是达到人性的向善、对每个生命的尊重，以及真正的自由和平等。

虽然这个故事发生在 1964 年，但作者告诉我们，此后的几十年人类继续着自己的历史：越南战争和反战、水门事件、两伊战争、柏林墙倒塌、苏联解体等，时间裹挟着我们汇入历史的汪洋之中。在这样的情形下，《奇风岁月》对读者的影响和二十年前比几乎没有变化，这是因为：其一，本书的主题是心灵成长；其二，本书的创作形式是"讲故事"。相对于现代人不再有"故事"，只有"片断"和破碎的人生经验，以往"讲故事"人的身份从启蒙者开始撤退到自说自话的位置。但这并不意味着"故事"的最终结束，反而由于缺乏，更多的人们对"故事"的需要也越来越多。和当代小说有着最大不同的是，故事里的人物有着完整命运。故事有着寓言般的启示意义，同时也承载着当代小说已经放弃了的集体记忆，或者集体文化含意。故事所讲述的人物命运，都能在现实生活中找到他所对应的影子。这几乎是每一个文学大师的梦想，那就是将个人体验与他人的经验感受联结起来，通过虚构建立起一种现实。它用"故事"来达到现实，它以"发生过"的讲述，寄托着"当下"人们的愿望和幻想。它唤起的读者的想象力抵抗着将生活和命运虚无化的危险。《奇风岁月》的作者干脆在书中声称："作家？作者？我想，我宁愿当一个说故事的人。"他一再强调自己写的是个故事，即便是在小说中，那个 12 岁的主角——小男孩科里·麦克森，也是梦想成为一个"写故事"的人。自然，这本厚达 607 页的小说就是一个长长的神秘的故事。我读初一的女儿在看了三分之一后告诉我："这本书太诡异了！"于是，从那天起这本书就到了我的手中。至于故事一开始说到的那个谋杀案的真凶是谁，读者自己去书里寻找会更有意思，也更觉惊心和不寒而栗——在此就不多赘言。

　　还记得这本书寄到家的时候，拆开邮包，看到书的第一眼，我不禁皱起了眉头。又是腰封——我几乎到了看见腰封就厌恶的地步。我知道，尤其最近几年的出版物，数不清的腰封捆绑的都是什么货色。那些所谓名家言过其实，极尽鼓吹之能事，除了让人生厌之外，也加速了书籍本身进入废品站和垃圾箱的速度。现在我也知道，这种看法未免有失偏颇，因为偶尔也能遇到真正值得一读的好作品——正如这本我郑重向孩子们推荐的、迷人的《奇风岁月》。

2011 年

灰烬中一点灼热火星

一

德国女作家莫妮卡·马龙（Monika Maron）的长篇小说《灰飞》，写了一个令人心魂震撼的故事。

约瑟法·纳德勒，东德《每周画报》的女记者，30岁，党员，离异，有个儿子，还有一个保持了15年情人关系的男友克里斯蒂安。某天，编辑部负责人露易丝派约瑟法到B城采访，到了B城约瑟法才发现，有毒的空气笼罩着这座城市，"这里得支气管炎的人比别处多五倍，樱花一夜之间就会枯萎，因为有一股有毒的风吹响它们"，原因是B城有一座开工超过半个多世纪的大型发电厂，设备陈旧，车间漏风，燃烧的劣质褐煤每天向这座城市的每个角落和孩子们娇嫩的肺里喷洒180吨灰尘！约瑟法采访发电厂的新闻办事员塔尔，塔尔笑嘻嘻地告诉她，原来要建一座新的发电厂取代老旧的厂子，但因为"资金不够"而停了下来。他还说，即便有了资金，老厂子依然还会继续工作，因为这是"最上边"的决定。和令他厌烦的妻子相比，塔尔对此并不真正关心，他像每天忍受糟糕的婚姻那样，忍受着头顶不停落下来的飞灰。B城里的人们大部分都是如此，他们认为自己无力改变现实，还不如苟且偷生，因为这样很"安全"也不费力气。

约瑟法采访的另一个人是老锅炉工霍里维茨卡。他双手黝黑，沾满了煤灰，是那种工厂里最老实巴交的劳动模范的角色。约瑟法很快就知道他如何在极其肮脏、没有任何保护的环境里工作了。"您为什么不反抗？您可是统治阶级。"约瑟法鼓励霍里维茨卡去找部长，老锅炉工却说："我是个小人物……我们可不能随便哪个人坐下就给部长写信。"没有人是傻瓜，因为"上边"知道的事情比下边知道得更多。为了打消老锅炉工被怀疑成反革命的恐惧，约瑟法暗示他可以通过工会组织去抗议，而她自己则面临着如何写这篇报道的难题：一个开头是"B城是全欧洲最肮脏的城市"，另一个则是"在B城下车的，只有不得不在这里下车的人"。玩文字游戏是因为恐惧和禁忌，也是因为她试图把真相隐藏在"漂亮的句子"下面。阿多诺说得对，"在错误中没有正确的生活"。那么，是说实话还是说谎言？为什么不能说出真相？良知和恐惧在内心博杀，整整一天，约瑟法终于写下第一行字——"B城是全欧洲最肮脏的城市"，因为她不希望将来有一天自己的儿子发现母亲"和其他大部分妈妈一样是个说谎者"。

二

《灰飞》的作者莫妮卡·马龙，1941年出生在柏林，和小说主人公约瑟法一样，她的波兰裔犹太外公，"二战"时被驱逐出德国，后来被害。她的母亲因为有犹太血统而不能与生父结婚。二战结束后母亲带着她到了东柏林，她在东德受到了反法西斯教育，先后在工厂、电视台和报社工作，后来"出于好奇心和对远方的渴望"，她接受了东德国家安全部的派遣，到西德收集情报，但她拒绝在报告中写下东德有关人员的名字，并在八个月后终止了和安全部门的合作，这导致她自己也成了安全部监视和跟踪的对象。几年后，她写出了这部《灰飞》，小说一经面世，便引起了巨大轰动——莱顿奖在颁奖词中写道："知识分子出场，为与广大民众有关的事情挺身而出，无所畏惧。"

"无所畏惧"这个词，对极权下生活的人们来说，一定和"恐怖"相连。从来不存在不接触恐惧的勇敢，所有的勇敢都曾和恐惧有过惨烈的肉搏。小说中，平日与约瑟法关系不错的露易丝，是经历过二战的老编辑，她明知道B城的情况，但还是以"这个时代比希特勒好多了"为由，劝阻约瑟法放弃这篇报道。她拿记者这份可以养家糊口的工作暗示约瑟法，"要忍受一点不自由是可以的，至少比失去特权强一点"。——这个理由子弹一样击中了孤身抚养儿子的约瑟法。

而《每周画报》的主编鲁迪，自从看到了约瑟法的稿子以后便胃病复发，请假在家。这是一位遇到任何问题都缩进乌龟壳的人。他19岁时被抓进集中营，整整关了11年。作为集中营里的囚犯头，他曾决定过死亡运输车的名单，"他可以用罪犯和众所周知无法活下去的病弱老人的名字替代不可或缺的同志的名字"——这才是他的噩梦，他的胃溃疡、头疼病、失眠的根源。这些经历使他在所有的威权下变成了一个不敢负责、不敢做决定的人，一个战战兢兢吓破了胆的可怜虫。

另一个急于取代主编鲁迪的副主编施特鲁策，则对约瑟法的稿子大为恼火。他认为约瑟法在为阶级敌人煽风点火，是和党的路线方针对着干。这位气势汹汹的国内政治版负责人，小时候在一所野蛮的学校被人欺负羞辱过，他被迫喝自己的尿，因为觊觎"老大"喜欢的女孩，深夜他的生殖器被抹上了鞋油。后来他学聪明了，也成了"老大"中的一员。至于编辑部其他人，反对的有之，劝约瑟法找心理医生的有之，一切的一切，全部被笼罩在"恐惧"这个词之中。

约瑟法从她那位被烧死在麦田里的外公身上继承了自由勇敢的天性，但他留在世上的最后一张照片却令她吃惊：那是一张充满了惊恐的脸。无论是希特勒时期的恐惧，还是东德时期的恐惧，都暴露出极权主义能够维持统治的一个秘密，那就是将所有人置于危险无助的境地，人们只能祈求恶魔不再作恶、不再继续加害他们。B城里的人们如此，东柏林《每周画报》的编辑、头头们也是如此，平民如此，知识分子也如此——这是大规模的精神瘫痪，众多忍气吞声的受害者以自我精神的毁灭加固着极权帝国的统治，电视、报纸充斥着人人都不信的谎言，娱乐节目麻痹着观众，也遮蔽着发生在各地的灾祸与不幸。人们离真实的世界越来越远，他们彼此间的距离也原来越远。

那么，在最私人化的情感生活中是怎么样的呢？在情人们的床上又是怎样的情形呢？

三

约瑟法的情人克里斯蒂安是个学者，他研究法国大革命，研究罗伯斯庇尔，为了能够安静地写论文而不愿意和约瑟法母子待在一起。约瑟法并不真正爱他，只是在孤独中将他看作爱情的替代品和温暖的依靠。克里斯蒂安明白这一点，他享受这种依赖，也享受约瑟法的身体。当约瑟法向他吐露 B 城空气严重污染的事实时，他出的主意竟是：写两个版本，一个是真相，一个是可以通过审查发表的报道。他的意思很明白，就是把属于个人的责任推到编辑部审查者那里。约瑟法回答他："为了让自己活命就让自己精神分裂，文明人的两面三刀与野蛮人的一样恶心，这是一种玩世不恭、放弃真理的行为，是知识分子式的病态。"

"精神分裂"者明白什么是谎言，什么是恶，但同时他们为了保住性命和私利，采取了沉默、顺从，乃至对权力谄媚溜须的态度。偶尔他们也会在亲友间发牢骚、讲个滑稽段子，苦难在其中变成了聪明的哄笑，屈辱和羞耻再也难以转换成一种积极改变现实的能量和动力。约瑟法并非没有恐惧，当她感到四面楚歌的时候，唯有和克里斯蒂安肌肤相亲时才会感到生命的温暖，似乎拥抱亲吻成了抵抗庞大的极权体制的最后堡垒，但她最终发现，身体不会撒谎，身体拒绝像头脑那样分裂。这让她反思自己对爱情的态度，她似乎下了决心要认真去爱，唯有爱才能打破人与人的隔离，而那正是极权主义所惧怕的。不料想，克里斯蒂安却退缩了，因为爱意味着要开始真正承担责任，是两个人平等自由的融合，因此他会失去约瑟法对他的依附。小说的最后，当党员大会宣布开除约瑟法党籍的那天下午，最高委员会决定关停 B 城的老发电厂。

我不会忘记小说中那个死于车祸的老锅炉工，以及他和他的红头发徒弟们曾经有过的团结抗争。事实证明反抗永远是有效的，爱是可能的——这是摆脱被恐怖控制的唯一道路，是死灰中那难能可贵的一点灼热火星。

2016 年 12 月

永恒的安慰：孤独是不存在的

判断一部作品的价值，是极其困难的事情。

之所以困难，是因为文学和艺术的标准永远处在未完成状态之中。大名鼎鼎的金圣叹编选《唐诗六百首》时，"诗圣"杜甫连一首诗都没有被选入；凡·高活着时只卖出了一幅画；而和惠特曼同被誉为美国 20 世纪文学先驱的狄金森，生前只发表了 7 首诗。这些例子都说明了评判和认识诗人、艺术家作品的价值，更多时候真的有待于时间的检验——甚至，我还能想到杜甫、凡·高和狄金森，也是幸运的，一定有我们尚不能认出的伟大作家，由于我们的迟钝，由于我们浅短的视力，默默无闻地湮没在历史的风尘之中。

那么，鲍里斯·谢尔古年科夫是否就是这样一位作家呢？

20 世纪 80 年代末，我第一次读到谢尔古年科夫的《五月》。此文刊登在 1986 年第 4 期的《世界文学》上，许贤绪先生翻译，选自谢尔古年科夫的长篇作品《秋与春》。13 年后，我写了一篇评论《谢尔古年科夫是谁》，也刊登在《世界文学》上。从读到《五月》之后，我一直期待有人能翻译出这部《秋与春》，我等了整整 24 年。我收藏了他的两部童话《狗的日记》和《战士与小树》，我在书店惊喜地看到为庆祝上海和圣彼得堡缔结友好城市 300 年而出版的圣彼得堡当代作家作品选《星耀涅瓦河》，其中收入了谢尔古年科夫的一篇短童话，当然，我毫不犹豫买下了。毫不夸张地说，春天到来的时候，我会想到他；看到树叶在风中颤抖时，我也会想到他；在一些艰难的日子里，我尤其经常会想到他写的《五月》。我祈祷他还活在人世，我期望有人能告诉他，在中国有极少几个人，是如此热爱他写下的这些伟大作品。

鲍里斯·谢尔古年科夫（Boris Sergunenkov），1931 年 2 月 28 日出生于苏联位于新西伯利亚远东地区的哈巴罗夫斯克。他的童年多随父母辗转在各地居住，青少年时期大部分时间在符拉迪沃斯托克生活。1950 年他考上了哈尔科夫大学新闻系，后又并转入基辅大学，1955 年毕业后进入一家官方报纸做新闻记者，半年后因不能忍受那个时期苏联令人窒息的氛围而辞职。此后，谢尔古年科夫做过放马的牧人、矿工、水手等。1957 年，他去森林里当了一名守林员，一个人在森林中待了整整 9 年。这部近 20 万字的《秋与春》，记载的就是他在这 9 年时间里的生活。

实话说，我不确定会有多少人喜欢这部书，我甚至担心或许有人根本不能把它读完。在等待这本书出版的 24 年间，我读我喜爱的加缪、本雅明、卡尔维诺，我读许许多多诗人的诗集，但我一直等着这本书。我甚至想，如果有一个高于我的存在知道我是如此期待它来到中文里，那么它一定会到来。当译者顾宏哲女士告诉我这本书的中文译本印数只有 2000 册时，我第一个反应就是立即在网上多订购了几本。即便我如此喜爱这本书，我对它在读者中的接受状况依然不是那么乐观。并不是说这本书"难懂"——不，相对于"晦涩"的作品，这本书简直太容易被忽略了：从头到尾，就是作者在翻来覆去写森林里的事物——松树、蒲公英、露水、甲虫、乌鸦、马林果、雪、秋天和春天的风，"絮絮叨叨"，不厌其烦。但若说这本书真的就像文本里显示的那样"通俗易懂"，却是大谬。我的一位朋友这样评价谢尔古年科夫的文字："白描的白描"，这简单吗？——不。

一个印度人曾说："一个五十岁的人应该走进森林寻求真理。"森林是无顶教堂，是生机勃勃又宁静寂寥的天然寺院，是隐士们修行、圣哲们悟道之地。它远离人世却并不拒绝人的走进；它容纳各种植物和动物，呼唤阳光和雨露。它是自然绿色的肺叶，是培养人类童年灵魂的圣洁场所。谢尔古年科夫在 27 岁时就走进了森林，一住多年，他寻找到了什么呢？

二

我曾托人在俄罗斯打听过谢尔古年科夫，得到的消息是：多数人不知道他是谁，其中包括很多俄罗斯作家。译者顾宏哲告诉我，有关谢尔古年科夫的评论少得可怜，一些读过他作品的人只知道他是童话作家。我从许贤绪先生的翻译注释中知道，有批评家把谢尔古年科夫誉为"擅长描写人的心灵、对自然景致具有罕见洞察力的作家"。而 2011 年谢尔古年科夫 80 岁生日时，前来祝贺的也几乎都是"没什么名气"的作家。敦煌文艺出版社出版的这本《秋与春》，封底印有亚历山大·特拉乌高特的推荐语，译者说他是个画家，并非是谢尔古年科夫等文学同行。"谢尔古年科夫显得有些孤独，因为他是个特立独行的作家。"译者如此写道。也就是说，谢尔古年科夫在他的祖国俄罗斯也是不被人注意的。但这无妨他在我心中的伟大——这是一位尚未被更多人认出的大师和思想者。

《秋与春》描写了作者在阴冷潮湿的秋天和万物萌芽的春天对森林中一切事物最惊心动魄的观察，他像一个陷入了癫狂状态的恋人，时而羞涩忐忑、时而平静欢乐、时而纠结不安、时而欣喜迷醉地爱着、打量着大自然和它的神秘。整部书就像一封长长的情书，也像一部刚来到世间的祈祷书和赞美书，作者不遗余力地描写他眼睛中的森林，他听力所捕获的大自然窸窣的响动，他的嗅觉所崇拜的事物——那些花香、树叶和沼泽的气味。他坚定地认为，大自然是人类永恒的安慰，是心灵的导师，因为它始终不离不弃地"和你在一起"。

"花儿在大自然中出现是为了向你表白它们对你的爱。……我想，你应该向它们表白爱情——因此它们才会来到世上，像人一样寻找爱的对象。倘若没有它们——你该向谁表白你的爱？我认识一个小伙子，他向树桩表白过爱情。"他对人们常常无意识地信任大自然赞美有加："你自己根本意识不到你知道。意识到了——就失去了准确性，意识不到——你就什么也不会知道。"自然之大之美，超出人类的意识，这样一来却常被人忽

视，似乎它所有对人类的意义都不存在，而这是最可怕的。作者自言自语，提出无数的问题，又自问自答，他认为这一切都是大自然给他的回答，是抚慰，是触摸，是亲吻和拥抱。那是一种从不求回报的爱——即便是万木凋敝的秋天，风雪弥漫的严冬，作者依然能够深情地接受它们，因为春天不远，一切生命都会回来——"我有时觉得，对于人来说美是第二性的东西，而第一性的永远且到处都是——你存在着。你存在的欢乐大大强过看到某种美的东西，哪怕是看到世上最美妙的奇迹而得到的欢乐。在这个意义上可以说，最完美的美就是你存在着：你，白天、小河、太阳、海洋、草、蚂蚁、土地、人。"

陀思妥耶夫斯基曾说：美能拯救世界。而罗马尼亚作家马内阿则说："我从来不敢相信美能拯救世界。但我们可以希望，它能在慰藉和补偿我们的孤独时，发挥一己之力。我们还可以希望，它所具有的美的愿景，对真相的诘问，对善的重新定义，以及它不可预知的有趣，终将难以抛弃，即使在无常与危险的时代。"在谢尔古年科夫看来，大自然固然是美的，但这样的美并不比它们的存在更美，因为存在本身就是奇迹，是对尊重的呼唤，是对万物之间建立联系的赞美，是共享同一个世界。在此情形下，那些普通的、正在凋敝的事物，也获得了尊重和平等的对待——换言之，美若能拯救世界，那么它一定首先是活生生的存在，是"最完美的美"。即使如有着"创造者"之称的诗人或者英雄，也同时是存在着的人，而非"天才狂人"或"九头怪物"——加缪称之为"什么也不像"的绝对孤独之物。

三

读谢尔古年科夫《秋与春》时，我忽然想到了另一个重要的问题——虽然作者写的是他于 1957 年到 1966 年间在森林中做护林员的生活，但此书的出版时间却是 1976 年。并且，他的另一部《我的森林》在 1981 出版，后又以《秋与春：林中的马儿》于 1986 年再版。这些年间，也正是苏联经历着从斯大林时代向赫鲁晓夫时代转变、继而勃列日涅夫又重新恢复斯大林主义的一个时期。就在谢尔古年科夫在森林中当护林员的时候，诗人布罗茨基被宣布是"社会主义的寄生虫"，判刑五年，又遭放逐。

也就是说，当苏联的知识分子们以反抗的姿态表达人类的良知，甚至不惮付出鲜血和生命代价的时候，谢尔古年科夫独自一个人在森林深处写下了这些"远离政治"的文字。以我所看到的谢尔古年科夫的极度敏感，他不可能不知道森林之外正发生着什么样可怖的事情，也不可能忘记自己是因为什么从《阿尔泰青年报》辞职，来到这人迹罕至、生活艰辛的大森林中的。这位写了大量童话作品的作家，仅仅是一个大自然的歌手吗？他写下的这些关于树林、飞鸟、云彩和野果的文字，这些喃喃自语的冥想有什么意义呢？

人类的生活需要正义，也需要爱。辩论、批判、诅咒和说教在某些时刻会可怕地成为你所反对的那个东西。即便是正义，也很难在它胜利之后一直在历史中保持它的正义性。当所有力量纠缠在一起的时候，人类最需要的爱——哪怕是对语言的爱也销声匿迹了。互相对立的价值观带来了屠杀、战争、死亡，在人与人之间造成了无法逾越的深渊。仇恨的毒素像烈性传染病一样毁了一切。谢尔古年科夫有篇短童话《仇恨的心》，讲的是一位丈夫被敌人打死了，妻子怀着仇恨上战场复仇。战争结束后，仇恨依然留在她的心中，她不堪忍受如此的折磨，多次自杀都被人救起。后来，她躺在丈夫的墓地说："你若不活着起来，我就不再离开。"丈夫真的复活了，站了起来。如此看来，仇恨、自私都导致孤独，因为没有爱将一个人与另一个人联系起来。孤独也意味着取消他者的存在——不会有人与你一起共享这个世界，分享一个人的柔情和温暖。爱是宇宙化的感情，而大自然中的万物都在彰显这一点——爱是共同的存在。加缪说："一个人只要学会了回忆，就再不会孤独，哪怕只在世上生活一日，你也能毫无困难地凭回忆在囚牢中独处百年。"他又说："比诸人类的神灵，我更爱夜晚和天空。"谢尔古年科夫则在描写那些赤杨和白杨、三叶草、铃兰、一棵老蒲公英、秋天最后的蘑菇、土地和沙岸的气息后说，"一个人从来都不会孤独"，他的生活永远有事物陪伴，风、家人、天空、整个人类。世界上的一切都是成对儿生活的，即使只剩下一个人，也会有他的影子相伴："人就是这样的——对于他来讲孤独是不存在的。"

或许，这是整本书里最重要的一句话。这是一个哲学家的冥想，正如特拉乌高特所说："谢尔古年科夫是俄罗斯文学的典型代表，俄罗斯文学从来不是冷漠的，因此它是宗教的，因为无神论产生冷漠，爱与冷漠是对立的，但上帝就是爱。"有意思的是，《秋与春》不仅仅满篇都没有出现任何与政治有关的词语，也没有出现涉及任何神学的议论。但和加缪一样，谢尔古年科夫在大自然中寻找到了恢复和治愈人类心灵创伤的宗教感，在那里，人的感情、人的爱可以毫无保留地奉献和表达出来，没有恐惧害怕，没有锱铢必较的算计，甚至无须承诺和期待，因为万物有情，四时有信，从不会让人绝望。谢尔古年科夫打破了外部世界和内部世界的界限，他追寻到一种无限的自由，这自由从不否定一个人、一种事物的存在，不是枷锁，不是监狱，更不是深渊沟壑。他的书是自言自语，是和存在物的绵绵对话，大自然和爱是他的宗教。人世的某些宗教总是要占领话语权，造神为人代言。而谢尔古年科夫找到的是一个人的宗教，"岩扉松径常寂寥，唯有幽人自来去"，是安静的喃喃自语，从不裹挟惊扰他人。他仿佛是从伊甸园走出的最初的那个人，辨识着世界如何和人类发生关系，如何通过万物感天动地的启示，用他质朴的圣徒般的表达，尝试着在苦难深重的20世纪重建人与人、人与万物的伦理关系——无限地敞开，无限地接纳——那是生命的希望、和谐与美，是人类原初宗教感的发源处，如今通过他"至情至慧"的笔端，再次莅临人间。

2014 年

宫泽贤治的猫

说说猫吧。

曾经，我喜欢并养过好几只猫。和我感情最深的是一只名叫老虎的猫，死后我把它写进了一篇名叫《小狗老李》的童话中。它在里面是配角，却是非常重要的配角。我很想念它。我还养过一只大花猫，有点神经质，喜欢拨弄吉他，在我家待的时间最久。20年前，我养过两只白色波斯猫，很是疼爱。但有一天，我最喜欢的一只突然发狂，窜到我身上一阵凶狠抓咬，那时我正在喂它。它抓够了，优雅地跳下来去吃东西，一副温柔无比、惹人疼爱的样子。我遍体鳞伤，恐惧颤抖。这件事完全改变了我对猫的看法。

以后的日子，我养过狗、刺猬、鸟、蜗牛，但我再也不会养猫。有段时间，我常把日本动画片《猫的报恩》误当作宫泽贤治的童话，因为里面有一个"猫的律师事务所"，直至静下心看了宫泽贤治的童话，才知道那原本就不是同一个故事。

猫在宫泽贤治的童话里有点诡异，似乎那不是人类可以养的动物。在《小提琴手高修》中，大花猫偷了他种的还没有成熟的西红柿，又步履蹒跚地扛着去当礼物送给他，像长辈般不生分地跟他抱怨："啊，累死我了！搬这东西可真不是件轻松的活。"吃惊的高修对于猫的嚣张轻慢，用一曲暴风骤雨般的《印度狩虎曲》报复了它——那只喜欢舒伯特小夜曲的猫，被高修的小提琴演奏完全弄疯了，它上蹿下跳，不断求饶，最后以落荒而逃告终。看来，猫有一种不讨人喜欢的自以为是和老于世故，宫泽贤治到底对它有些警惕。

在《山猫和橡子》的故事里，一郎被穿金色披肩、瞪着一双滴溜圆绿眼睛的山猫请去帮自己当法官，在一群穿红裤子、自吹自擂的橡子面前判定到底谁是最厉害的橡子。聪明的一郎说："长得最丑、最笨、最难看的就是最厉害的橡子！"这一招令山猫佩服得五体投地。山猫在橡子面前装模作样、趾高气扬，在一郎面前察言观色、虚荣贪婪，使一郎颇觉厌恶，最终他拒绝了山猫继续请他出任法官"明日必当出庭"的请求。这个故事里，猫的色厉内荏和外强中干被宫泽贤治写得淋漓尽致。宫泽贤治最直接拿猫来比喻人类官僚体制的童话，就是《猫的事务所》。这些身穿黑色缎子背心的猫公务员隶属第六事务所，所长是只老黑猫，眼睛"像撑着几重铜钱一样有架势"，手下的书记员分别是白猫、虎斑猫、花猫和灶猫。它们的工作就是负责帮助其他猫咪调查历史和地理。灶猫因为其出身卑微而备受歧视，其他的猫想尽办法排挤算计灶猫，老奸巨猾的所长坐山观猫斗。这群机关里靠搬弄是非、勾心斗角度日的家伙们，哪里能做真正有意义的工作？就在它们几乎把倒霉的灶猫逼走之时，一头威严赫赫的狮子的金色脑袋出现在窗口。他用浑厚的声音吼道："住手！听好了，我命令你们解散！"

这个童话是宫泽贤治少数几篇生前发表的作品，经常被人们拿来批评那些腐朽的官府机构。猫的狡猾、心计以及伪装，在这篇童话里几乎和人际关系画上了等号。而令我脊背发冷、毛发倒竖的故事，当属宫泽贤治脍炙人口的童话《规矩特别多的饭店》：两个出门打猎的绅士在荒郊野外迷了路，饥寒交迫中忽然看见一幢饭店，门口写着"西洋饭店——山猫轩"。房子里看不到人，但出现一个牌子，上面写着："不管是谁，都请进。千万不要客气。"话语非常温暖，令人宾至如归。于是，他们照着房屋不断出现的牌子上温情脉脉的指示，按顺序理好头发、刷掉鞋上的泥巴、放好步枪和子弹……脱掉外套、帽子和鞋子——这时牌子上出现"请把罐子里的奶油均匀地涂到脸上和手脚上"的字样。两位绅士猜测这大概是担心客人皮肤过于干燥而想出的体贴温馨的服务吧，于是照办（我顿时倒抽一口冷气）。接下来更多的指令来了——把耳朵也仔细涂上奶油，把瓶子里的香水喷到头上（一股浓浓的醋味），把坛子里的盐搓到身上，请搓满……等到两个人醒悟过来，已经来不及逃走。紧闭的大门上的钥匙孔里，一双青色的猫眼睛目光炯炯地盯着它的猎物。两只猫在门后商量着是把他们当色拉生吃还是油炸，并准备着刀叉和餐巾。就在这时，他们丢失了的猎犬突然闯了进来，一阵狂吠追咬，猫没了声息——饭店像雾一样消失不见了。

这个近乎欧洲黑童话的故事，令人毛骨悚然，也将猫这种动物象征的阴险叵测表现到了极致。宫泽贤治对猫最深的嫌恶，则写进了《蜘蛛、鼻涕虫和狸猫》这个童话里。作者开头就设问，这三种动物都是非常厉害的选手，但它们比赛什么呢？不知道。接下来作者讲了蜘蛛张网捕猎的从容，一口咬掉蜻蜓脑袋的残忍，开着玩笑吞噬可怜的瞎子蜉蝣的冷酷——蜘蛛最终死于自己的贪婪。而鼻涕虫这种软体动物，猛一看憨厚老实，逢人开口便笑，深得其他动物们的信赖。善良忠厚的外表，使得它轻而易举便能获得自己想要的一切——蜗牛在它嘻哈逗乐的笑声里丧命，受伤的蜥蜴在它充满善意温情的安抚中化为一顿美餐。"虽然鼻涕虫总是'哈哈'笑着，用憨厚的声音说话，可是据说他心地不好，比蜘蛛之类更坏"。多行不义的鼻涕虫，最后在蒙骗一只聪明的雨蛙时，终于失手毙命。至于狸猫，宫泽贤治放在最后写："狸猫从不洗脸。他是故意不洗的。"这是一个擅长"阴谋"的老练的家伙。他温和的眼神、悲天悯人的脸，都会使人想到"大救星"这样的词。快要饿死的兔子来向狸猫求救，狸猫一边用"猫神的旨意"安慰兔子，一边毫不留情地吃掉了兔子的耳朵。它的本事在于，被吃的兔子不仅不挣扎愤怒，而且对狸猫感激涕零，把自己能被猫吃掉视为恩典。自然，在狸猫同情悲恸的哭声里，兔子一点点进了他的肚子。更令我吃惊的是，狸猫用这个方法居然吃掉了一头比它大很多倍的狼！

这只猫身上集中了人间最恐怖的东西：伪善、贪婪、冷酷。其中，伪善最具欺骗性，它使受害者麻痹，使人们无知，而麻木无知则令人善恶不分、黑白颠倒、认贼作父——真是可悲之极。

宫泽贤治最后写出这三种动物狠毒的共性和必死的原因——它们在举行一场通向地狱的马拉松比赛，死于一种"体内不断积存泥、水之类的，身体过度膨胀的毛病"。

虽然，我心仪于宫泽贤治悲伤但优美的《银河铁道之夜》《小提琴手高修》等童话，我也喜欢《茨海狐狸小学》《风又三郎》和《夜鹰之星》中对其他动物的尊重赞美和对神秘自然的敬畏之情，但是，他的童话阴郁色彩之浓也是举世公认的，忽视这一点也就是忽视这位只活了37岁的童话巨匠伟大的想象力。恐怖和黑暗元素在童话和民间传说中早已有之，无论是欧洲黑童话、格林兄弟童话，或是自安徒生开始的创作童话，包括卡尔维诺整理的意大利童话，都会有一些阴郁压抑、恐怖神秘的故事存在。一位诗人曾经问我这些童话是否适合儿童阅读，我还没有想清楚。但不可否认的是，所有的孩子都喜欢听恐怖故事，喜悦阅读诸如吸血鬼之类的书籍，这里面有没有反映出某种残忍的心态、抑或渴望了解神秘事物的好奇、对超越四维空间世界的神往？——这些都有待于专家学者给予更好的研究和解释。而对我来说，通过细察宫泽贤治对猫的描写，至少能够了解他对人性和人类关系阴暗面的洞悉。虽然本人对猫避而远之，但我依然尊重每一样生命，毕竟生活中的猫是无辜的。

2011 年

寻找和死神下棋的人

教堂与墓地

车是从哥特兰大学一位韩国籍老师那里借来的。一大早，五位诗人离开维斯比，开车的是特罗斯特朗姆的中文译者、诗人李笠。穿过有些荒凉的哥特兰岛，路过围着栅栏的牧场，我们在几乎很少见到人的公路上飞驰，两小时后，就到了哥特兰北部波罗的海的海边。

对面的小岛就是法罗，也称为"羊岛"，在维斯比古老的石头城门旁，我们已经见到过像守护神兽一样石头雕刻的羊。巨大的漆成黄色的渡轮，慢慢把我们连同车子一起运到了对岸。

——伯格曼，你藏在这里的什么地方？

一边是波罗的海蔚蓝的波光、一边是渺无人烟的荒滩乱石，我们要走很远才能遇到一个人，打听着如何找到伯格曼的故居。终于，一座小教堂矗立在我们的面前。红色的屋顶，雪白的墙体，灰黑色的尖顶钟楼——它让我想起伯格曼的父亲，那位冷酷的完美主义牧师父亲，当初是如何扇儿子耳光的。事实上，在没有写这篇文字的三年前，我已经为这次寻访写了一首诗，那时我并不知道我还要再回一趟法罗岛，在电脑前，在记忆里。

一个穿黑衣的老妇在静悄悄的教堂里祈祷，见我们进来，她默默站起身走出去。和北欧其他的乡村教堂一样，这里有着朴素肃穆的氛围，壁画和雕塑上的圣父圣母低头俯视着人间。就是在天堂的他们，也曾经盯视着4岁的伯格曼如何在哥哥的怂恿下，企图杀死占据了父母宠爱的小妹妹；也是他们，看着这个桀骜不驯的小家伙如何在父母为一场婚外情大打出手时，跪下来向上帝祈祷。"像许多常上教堂的人一样，我一坐在圣坛前就迷失了方向……现实和幻想汇合成了通俗的神话故事。罪犯看着怀有身孕的圣母，看着等待在各个角落中的灾难，看着圣母身后的阴影！"——这阴影依然笼罩着伯格曼晚年的书桌。

教堂的后面是一片簇拥着鲜花的墓地。有两个篮球场那么大，到处是低矮的墓碑和十字架。我没有想到，寻找伯格曼恰恰是从他的墓地开始。在整座墓园最偏僻角落的地方，一方半个桌面大灰褐色的石头墓碑，静静地立在地上。石碑上镌刻着伯格曼和他最后一任妻子英格丽德的生卒年月，墓前种着一丛矮小的菊花，白色和紫色，中间是一株火红的天竺葵。

这寂寞又朴素的景象确实令我吃惊——但也如我所愿。三米外是一道低矮及膝的石栏，石栏外边是更为安静的牧场和树林。1918年，刚出生的伯格曼身体情况非常糟糕，一个医生对她的父母说："这个孩子会死于营养不良。"——这难道不就是

"圣母身后的阴影"？

"生活是傻瓜和疯子们的舞台"

我们重新上路，拐了个弯儿，驶进郁郁葱葱的松林间的小道。

北欧的太阳透过高大的松树投下斑驳的光斑，森林里到处都是茂盛的野草，蝴蝶飞来飞去，不知名的虫子在灌木里鸣叫着。我们来到了路尽头，发现眼前依旧是无边的森林。重新退回原路，在一个三岔路口踌躇了一会，又拐向了另一条林间小路。

李笠嘟囔着，四周没有一个人影。我们只是盲目地向前开。李笠告诉我们，伯格曼两年前就在法罗岛的家里去世，他死后这里的房子再也没什么人住了。据说有人想买下这处屋子，但似乎瑞典政府还想保留。寂静得有些荒凉的森林上方，可以看到大片的云在天空移动，有时候会投下幽暗的阴影。四周的景象有些诡异，仿若伯克曼电影里的阴郁和压抑。一时间不知道为什么，大家都不再说话，沉默着，能听得到汽车轮子与沙地摩擦发出的沙沙声。

几分钟后，我们看到右前方的森林中有一处房屋，门前还晾晒着衣服。我们停下车，刚要去询问，突然，屋子里冲出一个女人，冲着我们吼叫起来。她疯狂挥舞着双手，用瑞典话愤怒地斥骂着，我们都惊呆了。李笠迅速启动汽车，飞快地驶离了这个地方，走了很远，身后依然能听到那女人不绝的嚎叫声。

"疯子！是个疯女人。"李笠说。

大家惊魂未定，只是随着车子的颠簸，猜测刚才一幕的原因。诗人王家新说："肯定是来找伯格曼的游客太多，打搅了她。"

　　"生活就是傻瓜和疯子的舞台。"伯格曼曾引用过这句不知出处的话。我还记得他提到自己弱智的卡尔舅舅，高大温和，经常尿裤子，被人嫌恶。但就是这个在伯格曼眼里了不起的、真正的发明家，曾成功地向瑞典皇家专利局申请到了两项发明。有一年圣诞节，伯格曼的哥哥幸运地收到了姑姑送的礼物——一架简易电影放映机。心都碎了的小伯格曼最后以自己多年积攒的 100 个锡兵与哥哥成功交换。这是世界电影大师的第一部放映机，那年他 8 岁。正是大家眼里疯狂的舅舅卡尔，帮他重新改装幻灯片滑动夹和镜头，并在镜头里安装了凹透镜。他用去掉了感光剂的胶片画上影像，使整个放映机的性能焕然一新。"他像一只大狗一样富于献身精神，忠厚老实，温和善良。"这位和伯格曼有着深厚感情的人最后孤零零被撞死在铁轨中间。如果说，父亲、哥哥的殴打、母亲的冷漠使伯格曼充满对世界和上帝的怀疑，那么，一个温和的外祖母和一个疯舅舅却使他又对人拥有了些许的信任和爱。

　　有位著名教育学家曾说："如果能把一个孩子人生的前七年交给我，我就能拥有他的一生。"谁说不是呢？——我童年的玩伴是村子里一个和我母亲一样大的"疯闺女"，也就是人们说的"弱智"，和卡尔舅舅一样忠厚老实，温和善良，她通晓胶东地区所有植物和昆虫的特点习性，并把这一切全部教给了我。她和我的姥姥是我整个童年的守护神，也是最早的人生教师。

伯格曼成年后几乎一直都和安眠药打交道，曾经因为税务事件自杀，后来在精神病院进行过治疗。他性格抑郁，暴躁孤僻，在工作上对一切都要求苛刻完美，却又有着最纤细的神经和洞察力。——到底谁是傻瓜，谁是智慧的疯子，伯格曼一定比任何人都清楚。

死去两年之后，他依旧住在这里

如果我们没有在树林里迷路，应该在十五分钟内就能到达伯格曼的旧居。但这段路我们走了一个小时还要多。

一道木板钉着的栅栏拦住了车子。栅栏上挂着的牌子提示我们，这里禁止前进。

李笠停下车，我们开始步行。因为弄不清楚栅栏后的区域是否属于私人领地，所以我们小心翼翼，不敢发出声音。越过栅栏后，几十米远便看到了一幢十多米长的木屋。屋门刷着灰蓝色的漆，很陈旧了。一辆锈迹斑斑的车停在屋子旁，野草从轮子下钻了出来。

李笠说："这就是伯格曼的旧居！"我们立刻屏住了呼吸。

这座孤独的木头房屋建在波罗的海边，距沙滩有三四十米，除了森林，周围没有别的居民。房屋的前面疏落地种植着被海风刮斜了的松树。丛生的杂草随着海风起伏——四周没有人，没有船只，什么都没有——除了海风、树、草、飞舞的蝴蝶和一望无际、深渊般的大海。海边有很多乱石，不知什么人留下了用小石头摆着的棋子——这是那盘骑士和死神下过的棋吗？

"我终于找到了我要的景色和我自己真正的家。……这完全可以称之为一见钟情，对法罗岛的感觉就是如此。"伯格曼1965年在为拍摄《假面》找外景地时说了上述一番话。事实上，他1960年拍摄《犹在镜中》时也曾在法罗拍过外景。他曾写过："我准备在法罗岛上度过余生。……我喜欢它有几个原因。首先出于直觉。伯格曼，你要的正是这种景色，它完全符合你内心深处的理想，它的外观、色彩、情调、宁静、阳光等，都符合你的理想。这里是你的安身之处。"于是，伯格曼用了将近两年多时间，建起了这座房子。

　　伯格曼一生有五次婚姻，在婚姻中他有过不忠和背叛，有过因此带来的愧疚和痛苦。他总共有九个子女，其中唯一一个非婚生女儿的母亲，就是女演员丽芙·乌曼。她正是在拍摄神秘的电影《假面》时和伯格曼双双坠入情网。伯格曼为她建这座房屋时，甚至没有问丽芙愿不愿意。他们相处五年后最终分手，而伯格曼在息影后一直隐居于此，直到2007年去世。

　　我们像所有崇敬他的人那样，在他的居室前拍照，在他的小放映室前留影，叹息或者唏嘘。房子的门全部锁着，我趴在硕大的窗玻璃上朝里窥望，能看到干净的木桌子、地板和电影旧海报。

　　在他死去两年之后，他依旧住在这里—— 一个还在和死神下棋的人，一个在舞台和银幕里痛苦思索的人。

2012 年 9 月 14 日

我是另外一个人

一

　　1871 年 5 月，让·尼古拉·阿瑟·兰波
（Jean Nicolas Arthur Rimbaud）在给他的启蒙导
师乔治·伊让巴尔的信中写道："我是另外一
个人。如果一棵树发现自己是可塑之材将是多
么痛苦啊。"

　　在这封信中，兰波对于老师的教诲"人们
要造福社会"的说法表示同意，他认为自己写
诗同样也在造福社会。但是，兰波对于教育者
施教的"标准"进行了批判。他写道："您是
在做教育生灵的部分工作。要围着一个好的准
则转。——而我也可以这么说，我就是准则。
我厚颜无耻地自命不凡，从故纸堆里掘出学院
里的低能儿，用行为和字句发明了一切愚蠢、
卑鄙和邪恶，使它们获得生命。……在您的准
则里根本看不到那种'主观诗歌'，您固执地
想重获一个普遍的支点——对不起——证明了

这一点。然而您实现的永远只是一种不需要做任何艰苦工作的自我满足，甚至压根儿什么都不愿干。毫无疑问，您的'主观诗歌'将永远陷于一种可怕的乏味。"

显然，这封信后来引起了诸多批评家的注意。它阐明了兰波对于艰苦的创造性工作的重视，以及如何通过正确的教育方式、引导人们走向自我实现的道路的看法。人云亦云、循规蹈矩的教育，在他看来贻害无穷，一个对自己尚有要求的人完全无法忍受。在那种强调"做有用的栋梁材"的观念里，每个人早已被翻制好的模具预先阉割剪裁，按照模具制造者的好恶，提前结束了个性自由发展的可能。无怪兰波会道出一棵树面对"可塑之材"的标准时所感到的恐惧和痛苦。而且，现代教育的复杂性伴随着民主社会的不断完善，出现了太多令人困惑的状况。针对世纪之交教育的"结构性危机"，法国学者帕特里克·萨维当曾主持了一场对谈。他邀请了遗传学家阿贝尔·雅卡尔、社会学家皮埃尔·玛南以及哲学家阿兰·雷诺三人，就"没有权威和惩罚的教育"这一问题，展开了深入的讨论。这次讨论结成了一个集子，于 2003 年由法国著名的格拉塞出版社以"新哲学学院丛书"为名出版，并在 2005 年翻译成中文出版。

二

就在这次讨论会上，阿贝尔·雅卡尔提到了兰波的那句话："我是另外一个人。"雅卡尔对此分析说："让一个孩子明白，像兰波所说的那样，'我是另外一个'，这里诗人翻译了《圣经》

中上帝所说的'我是那个是我的人',这说到底是同样的东西。"
这番话是针对主持人萨维当提出"将教育问题置于与权威运作的
关系中来考察,针对教育的目的、教育中的权威与惩罚、教育的
未来等问题展开讨论"所举出的一个简短例证。据萨维当介绍,
曾担任法国教育部长的雅卡尔于 1999 年 3 月 22 日在《人道报》
上刊登发表了题为《我,阿贝尔·雅卡尔,教育部长,我发布》
的文章,明确指出:"必须消除学校中的一切竞争观念",必须放
弃"打分数",同样要结束"筛选,这竞争的必然附属品",因为
它类似于另一种形式的惩罚,尤其是依这样一种思想设计的教育
制度只能产生出"因循守旧、缺乏创造力和想象力"的人。

在我们的观念中,家长、教师、上级领导,对于孩子、员
工和下级成员似乎拥有着天然的教育指导权力,表面上看,作
为父母和老师、领导不仅仅从年龄上占有优势,更大的优势来
自文化或者行政命令赋予的权威和严格的等级分类。所谓"天
地君亲师"是也,因此"棍棒下面出孝子""子不教,父之过"
亦是它的必然结果。只是我们很少有人对此质疑:这样的权威
到底是谁赋予的?权威所代表的标准和它本身蕴含的惩罚权、
支配权对他人而言是否公正?教育的目的到底是为了什么?施
教者的手段是否符合人类的伦理?

这些几乎被我们忽略的疑问,被三位法国学者严肃地谈论
着。主持人萨维当希望雅卡尔能够回答他是怎样看待那些希望今
天在教育的关系中重新强调权威和纪律的价值观。这个在我们中
国人看来比较简单的问题,雅卡尔却从最基本的对人类的定义开
始着手分析。他指出:人是自然产生的唯一能够进行自我认知的

存在，其前提是具有自我意识。产生自我意识是一个困难和痛苦的行为，而这又不是自然发生的。说出"我"这个词很容易，但是唯有他者才能使"我"意识到"我"的存在。因此，"在一个人身上，最本质的东西是将其与他人区别开来的东西。……人的特质在于与其他人的交往"，是"人类彼此间的相互意识"。按照中国古人对于施教者的定义——传道授业解惑也——那么，首先应该解决的自然是"人是什么"这样一个问题，而不是人们常以为的专业性常识和知识。雅卡尔说："教育系统最后只有一个目标，就是教每个孩子如何与他者交往以便自我建构。与他者交往并不意味着摧毁，进入一种竞争，它意味着向他者开放。"这一结论从根本上否定了施教者绝对的权威和对受教者的惩罚统驭权。

不难想象，雅卡尔的这番话如果被更多中国教育者，甚至自以为可以对别人指手画脚的等级制度中的人读到，会有什么样的剧烈反应。我只知道，作为两个孩子的母亲，正因为这些话，一本薄薄的书已经被我怀着愧疚翻阅了很多遍。

三

2001 年，雅卡尔所著《睡莲的方程式》在中国出版。书中有这样一段话："教育就是启蒙孩子做交流的游戏，与周围的人互相交流，与过去的或其他地方的人群和文明做单向交流。所以，不管教育的内容是什么，是数学、物理、历史还是哲学，其目的并不是提供知识，而是借助知识，提供让人可以参与交流的最佳途径。"

哲学家皮埃尔·玛南完全同意雅卡尔关于"教育在于引导儿童走出自我"的说法，但他又对雅卡尔论述的仅仅让儿童学会说"我"表示了担忧。他引用马赛·戈歇在《民主中的宗教》的阐述，说明权威宗教随着社会的民主化转换了含义，权威宗教变为认同的宗教。现代社会的个人不再接受各种对其强加命令的东西，"那些因为对灌输这些内容的权威遵从而接受的生活内容，现在却由他们自己来习得，将其转变成自己身份认同的一部分"。而这正是标志着现代公民、现代主体所处的状况。但问题是："有关自我型塑身份认同的说法，身份认同属于自我，而自我对于这认同具有权利的说法，造成某种蒙昧主义的普遍化。这种蒙昧主义表现在认同某一团体、某一民族却不给出这种行为的理由。"玛南的意思是：如果你不给出一个你的身份认同何以如此的理由，不给出这一身份所蕴含的权利的解释，那就意味着你对他者的拒绝。这一点，从极端的民族主义者身上便可看到，在他们看来，宗教、国籍等都是被他们视为权利的东西，在此权利的优越感中，他们无需向别的宗教或其他国家解释为什么"我可以做"的理由。这种倾向势必把"人类的本质即人们最本质的共性的东西，变成最私人的东西，也就是说，一种因属于我所有而没有人有权过问的东西"。由此可见，玛南触及了教育隐含的问题，那就是教育不是要将人们隔离，只有"我"而没有"我们"是现代暴政和极权得以成功的一个基础。

　　因此，玛南重新定义了教育："教育就在于引导每个个人或团体脱离那种视自己为自己身份认同的所有者，并只要求他人尊重他的身份认同的状况。""教育的任务就在于帮助受教育者面向共同的世界"，"孩子或是公民，对每个人来讲，教育就是要从那种自我所有的幻想中，在今天就是从身份认同中的个人所有的幻想中觉醒过来"。

不难看出，玛南的观点其实与雅卡尔所说"重要的是我们属于一个共同体"是一致的，他们的区别在于玛南更着重强调了在建构自我的同时，要引导受教育者从文化走到人类共同本性的重要性。共同性既是伦理，也是纪律，但这样的伦理和纪律一定是在每个个人、每个团体和民族都能得到尊重的基础上才可以达成。

四

曾经有一个心理学家讲过一个故事：在动物园，他曾看到一只老虎被一条小狗撵得狼狈逃窜！饲养员告诉他，三年前老虎很小，那狗天天欺负它，以致老虎长大了，看见那狗，仍以为自己很弱小。那只虎，一直被童年的梦魇压迫着。

这个故事告诉我们，孩子们在童年时期一旦被权威和惩罚的噩梦笼罩过，这样的恐惧就有可能伴随终身。哲学家阿兰·雷诺对于儿童在当代的权利作了如下分析：20世纪，国际社会分别于1924年、1959年和1989年颁布了有关儿童的三个文件。前两个文件主要关注儿童在身体安全和精神发展、受道德教育的保障方面。但是，强烈撼动有关儿童权利观念的，则是后一个"儿童权利公约"。这一公约明确规定：儿童在意见表达、思想意识、宗教、结社、和平集会甚至个人生活上，应得到与成年人一样的保护和尊重。雷诺梳理了妇女解放在参政、获得选举权、家庭关系中的意义，同时又指出，和妇女解放的过程相反，对孩子来说，精神上的解放先于充分完整的权利上的解放。这是因为孩子和成人的关系是建立在一种教育者和被教育者不平等的基础上。将孩子视为同类的制度在教育上几乎无法落实，因为成年人显然占据了关系中的优势地位。即便孩子和成年人一样拥有自己的权利和自由，但"在何种情况下怎样来界定这些自由表达的限度，以确立权威的明晰的效力和教育上可能给予的惩罚，这都成为极其敏感的问题"。这不仅仅涉及民主社会的基础结构，也凸现了现代教育的危机。

雷诺强调："教育的危机是一种与传统的家庭和学校不可抗拒的消失相连的结构上的危机。"他对于"不再着重于义务面向、不再由一个个人服从的超越的权威从外界强加的伦理"的道德表示了怀疑。简言之，他认为没有惩罚但也没有义务和责任的教育显然令人担忧。他并不奢望能够得到解决教育危机的全部方案，但他认为，在伦理上他可以向孩子们的父母提出如下建议："我们对孩子来说具有种种义务和职责，而在孩子那方，这些义务和责任却不对应于任何权利，因此这就只能取决于我们、取决于我们自己来不断地提醒我们怎样至少部分地平衡由承认孩子权利所带来的后果。"

五

几乎没有任何异议地，三位学者都认为"惩罚教育"在当今是不可能的了。它既违反伦理，也违反法律。雷诺提出是否可以用准契约的模式在教育中实行，但也要考虑到各种复杂的因素在其中的作用。比方说：人们已经开始探寻使对自由的追寻和作为教育的不可缺少的手段之间相配合的方式，同时人们也了解到即使是采用这种约束手段也并不是要将教育转化成驯服。

主持人萨维当向雅卡尔提了一个刁钻的问题，他讲述了一位同事在课堂上遇到的事情：那位同事把班级的纪律维持得很好，但一旦有一个漂亮女孩当街走过，不管老师正在讲什么，班上绝大多数男孩都跑到窗前去看。显然这是一个比较悲观的图景。

雅卡尔对此的回答是："假如那个偶然从街上走过的女孩十分美丽出色，我也会和他们一起到窗边观看，她的美丽将成为有关生育或是什么其他的一堂特别的课的开始。这会成为一个提问的开始。"

想必他的回答会令我们的大多数教育者大跌眼镜，但却令我开心快乐，尽管雷诺认为像雅卡尔那样把教育的方法仅仅寄托于个人的才华和魅力是不妥的，但是，雅卡尔引导学生的方式、他对于实施纪律约束的目的的理解，仍然具有说服力。

五年前一个秋日的傍晚，我在路边一个不起眼的地摊上发现了这本《没有权威和惩罚的教育？》，它和一大堆菜谱、养生、美容、武侠、言情小说放在一起，街道上的风把灰尘和树叶卷起来覆盖其上，四周是匆匆的路人的脚步和流浪狗来回奔跑的身影。我不止一次地想：书中三位学者的教育理念，会不会也像这本书的命运那样，仅仅被细心地搁置在一个理想主义者的枕边？

2010 年 12 月